STÉPHANIE COSTE

LE PASSEUR

roman

nrf

GALLIMARD

À Domi, l'âme de l'atelier.
À mes parents qui m'ont offert une enfance nomade.
À Matt, Louise, Raphaëlle et Margaux.

Toutes les choses vraiment atroces démarrent dans l'innocence.

ERNEST HEMINGWAY

CHAPITRE UN

Zouara, Libye, 15 octobre 2015

J'ai fait de l'espoir mon fonds de commerce. Tant qu'il y aura des désespérés, ma plage verra débarquer des poules aux œufs d'or. Des poules assez débiles pour rêver de jours meilleurs sur la rive d'en face.

Le nombre d'arrivées de Khartoum et Mogadiscio la semaine dernière m'a surpris. Je n'avais pas prévu qu'ils seraient tant à résister au Sahara. En général je fais un bon calcul avec les rabatteurs ; s'il en part cent cinquante de Somalie et d'ailleurs, à peine les deux tiers parviendront en Libye. Ils ne pourront éviter la traversée du désert, la mort assise sur leur cou comme une enclume. Il en meurt plus dans la fournaise des mirages qu'en mer en temps normal. La rage de survivre leur donne de plus en plus la gnaque.

Andarg doit en livrer une soixantaine de plus d'Érythrée aujourd'hui ou demain. Les Soudanais et les Somaliens sont déjà trop nombreux par rapport à la capacité du bateau. J'ai été trop gourmand, je le sais.

J'ai voulu m'en mettre plein les poches pour la dernière traversée de la saison. Les croisières Seyoum ferment leurs portes pour l'hiver, allez vous faire voir. Voilà ce que je me suis dit. Cette négligence finira par nuire à ma réputation. Une réputation construite en dix ans de boulot et trahisons diverses. La concurrence se moque comme moi de ses responsabilités. Du coup les fiascos se sont enchaînés de Tripoli jusqu'à Zouara, et ça commence à se savoir. La côte est devenue un dépotoir d'ordures pas tout à fait ordinaires. Le bouche-à-oreille a enflé dans le vent des récents naufrages. Et du Soudan jusqu'à la Somalie il a semé une graine de doute. Pour l'instant les candidats au mirage de l'Italie affluent toujours. Mais il va falloir faire gaffe.

— Seyoum ! Seyoum !

Ibrahim m'a fait sursauter. Mes mains tremblent. Un tic récent fait claquer ma mâchoire. J'ai encore brouté trop de khat hier soir, j'ai augmenté les doses, la botte quotidienne ne suffisait plus. J'ai presque tout fini. Heureusement Andarg a refait le plein en Éthiopie en attendant la livraison des Érythréens à la frontière. En pensant au goût amer des feuilles, je salive comme un animal attendant sa pitance. Je passe de plus en plus de temps à pioncer derrière mon cabanon. Ces dérives me laissent apathique et pourtant prêt à mordre. Mes yeux sont noyés en permanence de sang et de folie. Je commence à me foutre les jetons moi-même, je dois reprendre le contrôle. Ibrahim m'appelle encore. Je m'extirpe de l'ombre du palmier. Il fait encore chaud même si le soir va se pointer d'ici une heure. Je préfère traîner sur ce bout de sable plutôt qu'à l'entrepôt où je parque les migrants avant la traversée. Les Soudanais et les Somaliens qui y sont entassés depuis six jours n'ont plus rien à bouffer depuis hier. On leur file juste un peu de flotte pour les garder en vie. Certains portent sur leurs tronches les prémices de la révolte. Je les reconnais tout de suite. J'en fais tabasser trois ou quatre par jour pour maintenir l'ordre : l'épuisement gagne toujours, la peur les achève. Ils sont vite matés.

— Seyouuuum !

— Oui Ibrahim, je suis là. Qu'est-ce qu'il y a ? La cargaison des Érythréens est arrivée ?

Il déboule essoufflé devant moi.

— Non, pas encore. J'ai parlé avec Andarg tout à l'heure. Le camion a crevé près de Houn hier après-midi. Une grosse pierre sur la piste. Ils sont retardés d'une demi-journée. Mais y a tes amis, les deux gardes-côtes libyens, qui sont là. Enfin, sur la plage. Ils veulent te parler.

Amis, tu parles ! Ces sangsues s'accrochent à ma gorge et se gavent de mon pognon depuis quatre ans. Ils saignent aussi les autres gangs sur toute la côte jusqu'à Tripoli. Ces mecs-là font la fiesta tous les jours sur la tombe de Kadhafi en sirotant du thé noir. Merci mon pote pour le chaos que t'as laissé derrière ton cadavre, à la tienne. Je m'avance vers Ibrahim. Je le dépasse d'une bonne demi-tête.

— Qu'est-ce qu'ils me veulent ? Ils sont déjà venus il y a même pas deux semaines récupérer leur enveloppe. On s'était mis d'accord que ça comptait pour deux traversées. Dis-leur que je suis pas là.

Ibrahim se balance sur ses jambes décharnées. Il évite mon regard en visant un point au milieu de ma poitrine. Son corps, tas d'os saillants, transpire la trouille. Par réflexe il voûte les épaules. Soudanais de Malakal, il est arrivé adolescent sur le port de Zouara, un mauvais film en boucle dans sa tête, celui de ses frères et de sa mère tombant les uns après les autres dans le Sahara. Un peu comme dans un jeu vidéo où le dernier debout est vainqueur. Il n'a pas gagné l'ultime manche de la partie : atteindre l'eldorado italien. La tempête a rabattu et coulé son bateau du mauvais côté, à vingt kilomètres de Zouara. Retour à la case enfer. C'était un de mes rafiots. Ibrahim n'a pas retenté la traversée. Et moi je le tolère depuis qu'il a échoué à ma porte, clébard craintif et loyal accroché à mes basques. Il finit par me dire, l'œil toujours fixé sur son point imaginaire :

— Je savais pas que tu voulais pas les voir. Je leur ai dit que t'étais là. Désolé Seyoum.

— Dégage, toi et ta gueule d'enflure, tu m'exaspères. Dis-leur que je viens mais d'abord je dois parler à Andarg. Fais-les attendre dans la cabane et sers-leur un verre de thé.

Il détale pour éviter une baffe éventuelle. Je m'éloigne de la cabane en me traînant. Un début de migraine s'installe. Le manque défonce mon cerveau chaque jour un peu plus tôt. Avant, le signal arrivait avec le coucher du soleil. Il survient maintenant en plein après-midi et plus rien de précis ne le déclenche. Je l'ignore comme je peux. Une envie de gerber s'installe dans ma gorge. Je déglutis difficilement. La nausée monte d'un cran. Ma peau pue encore les excès de la veille, l'acidité du jus de khat macéré dans ma bouche mélangée à celle du gin du marché noir que je bois par litres. Je sors mon portable de ma poche et appelle Andarg. Je dois faire plusieurs tentatives avant d'avoir la connexion.

— T'es où ? Et t'arrives quand exactement ?

— Ah Seyoum ! Quelle galère ! le camion a crevé, les deux roues avant en même temps à vingt-cinq bornes de Houn. Et Zaher n'avait chargé qu'une roue de secours avant le départ. Je l'ai envoyé à pied à Houn pour aller en chercher une autre. Du coup on a perdu un temps fou. Et y a deux vieux qui ont clamsé entre-temps. On sera là demain matin au plus tard.

Houn, encore à six cents bornes de la côte.

— Les Soudanais et les Somaliens cuisent dans l'entrepôt depuis des jours ! Et j'ai ces connards de gardes-côtes libyens qui sont revenus renifler. Heureusement que j'ai planqué le bateau. T'as acheté une came encore plus pourrie que la dernière fois, qu'est-ce que t'as foutu ?

Je regrette de l'avoir laissé négocier avec Mokhtar pendant que je réglais des affaires à Tripoli. Les pêcheurs du coin nous refourguent à des prix délirants du matos prêt à aller à la casse. Mokhtar est le pire mais on est obligés de passer par lui. Il connaît les plans pour choper des carcasses en tout genre quand les autres n'ont plus rien à offrir. Il connaît surtout l'art de l'arnaque. Ce mec est assis sur un tas d'or et de cadavres. Andarg, avec sa mollesse, n'a pas fait le poids. J'entends son crachat dans le téléphone. Je le sens sur la défensive.

— M'engueule pas ! Fallait payer le prix pour cette

merde ou on avait rien. Y a plus assez de bateaux sur le marché en fin de saison, tu le sais aussi bien que moi. Y avait pas le choix.

— Mokhtar est une raclure, va falloir qu'on se bouge le cul pour trouver d'autres fournisseurs.

Andarg balance un deuxième crachat à distance.

— Justement y a le Soudanais qui voulait te voir pour en parler. Je l'ai croisé quand t'étais à Tripoli. J'ai oublié de te le dire. Mais bon l'essentiel c'est que j'aie trouvé un bateau pour la traversée, non ?

Le business a explosé ces dernières années. À la bonne époque avec dix mille dollars on pouvait acheter un bateau et des numéros de rabatteurs. Moi et quelques autres nous nous partagions le monopole. Depuis que Kadhafi s'est fait zigouiller, la concurrence a afflué, de la racaille qui vient profiter du chaos local et se faire de l'oseille sur nos plates-bandes. Tous ces mecs qui s'improvisent passeurs font monter les prix des bateaux en flèche. Même à Tripoli ça devient difficile d'acheter un chalutier. Les pêcheurs se gavent et n'ont plus besoin d'aller en mer. Heureusement, côté gouvernement, à part les gardes-côtes qui sont gourmands, on est encore à peu près tranquilles. Mais j'ai hâte que cette dernière traversée soit derrière moi, histoire de jauger en paix la nouvelle donne et de me reposer. D'ailleurs je me sens vidé d'un seul coup. Mes jambes flanchent dans le sable. Je trébuche sur une planche à moitié enlisée et manque de me casser la gueule. Je me retiens avec mon bras et me fais mal au poignet. Où est ma botte de khat ? Je réprime un frisson, je meurs de chaud pourtant.

— Seyoum, tu m'écoutes ? Allô ? Allô ? Ça passe plus ?

Les paroles d'Andarg vrombissent dans mes tympans. L'angoisse et ses hallucinations surgissent derrière le palmier, là-bas. J'éloigne le téléphone de mon oreille. Le ciel se renverse. La plage devient plafond. Je suis désorienté. Une salive épaisse scotche mes lèvres. Des mouches grouillantes s'agglutinent devant mes yeux explosés, cherchent à rentrer dans mes orbites. Je tousse violemment pour relancer le battement de mon cœur, me file une baffe. Le ciel et la plage retrouvent leur place. Andarg continue sa litanie. J'aboie :

— Arrête de bavasser ! Il faut faire embarquer la cargaison après-demain au plus tard. Ils annoncent des tempêtes et des vents contraires pour les prochains jours. Pas question que les mecs chopent la trouille et refusent de traverser.

— Ok, on va mettre les gaz. Au fait, à part les deux vieux d'hier y en a huit qui sont tombés du camion du côté soudanais, donc si tout se passe bien d'ici demain ils seront quarante-cinq.

— C'est quarante-cinq de trop vu l'épave que Mokhtar t'a refourguée. Allez, grouillez-vous. Et ne vous arrêtez même pas pour pisser.

Je raccroche et me dirige vers la cahute sur la plage où ces gros porcs de gardes-côtes m'attendent. Des groles défoncées et des lambeaux de vêtements sont éparpillés un peu partout sur le sable blanc, la mer turquoise en arrière-plan. Ils ont à peine nettoyé après le dernier naufrage. Du côté italien, on doit plus souvent ramasser des bouteilles de Pepsi et des emballages de sandwichs. Je ricane en pensant à ça. Au bord de l'eau un reste de canot éventré dégueule des paquets d'algues noirâtres. J'aperçois un morceau de jouet rose coincé à l'intérieur. Une bourrasque soulève le magma et laisse voir un visage de poupée. Les algues m'évoquent des bestioles immondes qui auraient tout dévoré sauf cette tête en plastique. Un nouveau coup de vent embarque des sacs plus loin. On dirait des ballons crevés de toutes les couleurs sortis d'une fiesta. Un nuage venu de nulle part cache le soleil et me rappelle la tempête prévue. Qu'elle ne moufte pas dans les deux jours à venir. Si le bateau doit chavirer, autant qu'il chavire en face.

Depuis que j'ai démarré mon business il y a dix ans je n'achète des coques ou des zodiacs que pour un seul passage. Certains concurrents ne le savent pas mais le rendement financier est meilleur, et ce système comporte moins de risques pour mes hommes. Ils font juste les premiers milles de la traversée pour mettre le rafiot sur le cap. Après il suffit de fourrer un GPS entre les mains d'un des passagers en lui expliquant que c'est tout droit. Moi je récupère mes mecs en zodiac, et à la volonté du bon Dieu pour le reste. À cause des prévisions météo cette fois, j'estime à deux chances sur dix le succès de l'expédition. Je me retrouve potentiellement avec cent quinze macchabées sur la conscience, mais c'est le business. Après avoir réglé mes hommes, les passeurs du Sahara, le bateau et autres broutilles, je ne vais pas m'asseoir sur cent mille dollars de bénéfices.

CHAPITRE DEUX

Les gardes-côtes assis autour de ma table branlante tirent tous les deux sur une clope. Leurs doigts jaunâtres dessinent des ronds dans l'air suffocant de ma piaule. Mohsan Ftis, le chef, lève un œil mauvais en me voyant. Son bide dépasse de son uniforme et exhibe ses poils drus. Des taches de sueur tatouent ses aisselles et son fute au niveau des couilles. Ce type me dégoûte.

— Mes amis, excusez-moi de vous avoir fait attendre. Je vois que vous êtes déjà installés. Encore un peu de thé à la menthe ?

— Arrête ton bullshit Seyoum, on est pas là pour faire un concours de politesses. Assieds-toi, il faut qu'on parle.

Je me méfie de ce rat obèse comme de moi-même. Un filet de thé coule sur son menton. Sa lèvre inférieure légèrement pendante me dit l'étendue de son faux-cuisme. Je sais par le gang des Égyptiens que Ftis a balancé plusieurs collègues ces derniers mois, malgré les gros bakchichs qu'on lui file. J'attrape le tabouret près de ma paillasse et le pose près de lui. L'odeur de graillon qu'il rote en même temps qu'il parle imprègne tout de suite mes fringues.

— Oui assieds-toi là, et écoute-moi bien.

Je fais semblant de ne pas capter la menace, et tire machinalement sur ma barbe pour gagner du temps. Tiens, je la taillerai ce soir.

— Je vous écoute capitaine, mais je croyais que tout était en règle depuis votre dernière visite. Comme vous êtes là, j'en profite pour vous informer que la traversée est prévue pour demain soir. On fait comme d'hab…

Ftis se lève d'un bond. Les verres de thé giclent sur la table. Ibrahim qui se tenait en chien de garde devant la porte se précipite avec le thermos. Je lui fais signe de sortir de la cabane. On reprendra du thé plus tard. Ftis postillonne :

— Justement on va pas faire comme d'habitude ! Qu'est-ce que vous foutez toi et tes potes depuis trois semaines ? ! Quatre naufrages ! Quatre !

Je dénoue avec les deux mains mon chèche et le pose sur la table. Ma tête nue me donne l'illusion de respirer un peu. Pourtant tous les pores de ma peau se rétractent et m'enferment dans mon corps avide d'air. Quelle heure est-il, putain, qu'on en finisse ! Une boule roule dans ma gorge. Je souris à pleines dents.

— J'en ai vaguement entendu parler, mais chez moi les récentes traversées se sont bien passées. Je ne comprends donc pas…

— Vous êtes kif-kif toi et les autres. Vous achetez les mêmes bateaux aux mêmes endroits, et vous les chargez à ras bord de migrants prêts à couler direct. C'est de pire en pire, on a toutes les ONG sur le dos ! À cause de vous les médias disent à tout-va qu'on fait mal notre boulot, merde !

Bien sûr qu'ils font mal leur boulot. La côte est une vraie passoire. On les paie pour ça. Pour qu'ils tournent la tête de l'autre côté et nous laissent traverser ni vu ni connu. Je me demande donc où il veut en venir. Je tire encore un peu sur ma barbe, me racle la gorge pour expulser la boule. Ftis, debout, me toise. L'autre guignol approuve de la tête en bon sous-fifre. Ses yeux de veau affichent une soumission envers son chef potentiellement dangereuse. Je me tourne vers Ftis :

— Tout ça n'est pas nouveau, je ne vois pas en quoi la situation a changé.

— Arrête de faire l'hypocrite. Tu sais très bien qu'il y a beaucoup plus de naufrages qu'avant et tout ça parce que vous prenez aucune précaution de sécurité avec la marchandise ! Et je vais te dire autre chose : on en a plein le cul de nettoyer derrière vous les cadavres qui échouent sur la côte. On est pas femmes de ménage, tu piges ?

Le gros lard en vient au fait. Et ce fait me rend nerveux. Je n'ai pas l'intention de pourrir dans une des taules de Zouara. J'ai déjà donné. Il me reste de cette période une belle cicatrice de câble électrique sur le bras et le souvenir tenace du « pssschhh » quand mes poils avaient grillé, suivi de l'odeur immédiate de viande mal cuite. Je jette un œil sur la marque indélébile. Non, plus jamais ça. Savoir que cet abruti décide de tout sur ce périmètre jusqu'à Tripoli me débecte. Pire, ce mec a un pouvoir absolu sur moi. Un seul mot de sa part et c'est fini.

— Calmez-vous capitaine. Il y a sûrement moyen de trouver un arrangement. Chaque problème a sa solution, non ?

— Tu sais quoi Seyoum, tu me sors par les trous de nez. Mais comme t'es un des premiers à avoir monté ton business dans le coin, tous les mecs te respectent et je suis obligé de te supporter. Alors je vais t'expliquer ce que tu vas faire. Pour compenser le fait que les ONG arrêtent pas de me harceler, sans compter les journalistes, tu vas aller voir tes petits copains, et leur dire qu'à partir d'aujourd'hui, pour chaque naufragé qu'on récupère, il y aura une amende de cinq cents dollars. Je te laisse faire le calcul, si t'es pas trop stupide tu comprendras que ça peut faire très mal à votre business.

Je pourrais le buter de mes mains nues. Je prendrais tout mon temps, jusqu'à voir dans ses yeux suppliciés la dernière goutte de vie s'assécher. Tout ce fric qu'il se fait derrière le dos de sa hiérarchie a fini par griller son cerveau. Ce mec devient incontrôlable. Ce mec devient dangereux. Ce mec se prend pour Dieu. Il négocie même les cadavres.

Je fais quand même les courbettes d'usage à ces fils de putes en promettant de faire passer le message. Ftis affiche un rictus satisfait. Le filet de thé à la menthe a séché sur son menton. Le sous-fifre dont j'ai oublié le nom emboîte le pas à son maître. Dès qu'ils sont partis je sors la tête par la porte et appelle Ibrahim. Il doit rôder dans les parages.

— Ibrahim ! Va me chercher mon khat et que personne me dérange jusqu'à demain matin t'as compris ?

Il apparaît. Un sourire édenté relève ses pommettes

saillantes. Il a conservé lui aussi quelques souvenirs du bon vieux temps.

— Tu veux que je distribue la ration d'eau à l'entrepôt ce soir ?

— Non, laisse tomber. Il a pas fait si chaud aujourd'hui. Ils peuvent attendre. Mais c'est toi qui montes la garde, dis à Marwan de te remplacer à une heure du matin.

— Ok. Je reviens.

Je le vois filer vers ma vieille Toyota pour choper le khat dans la boîte à gants. Un grondement familier m'interpelle. Je tourne la tête dans sa direction. La mer de granit me nargue et me rappelle à l'ordre. Ses écumes blanches brandissent des poings menaçants. Je lui fais un doigt d'honneur.

Ibrahim revient avec la botte feuillue dans la main. Je la lui arrache et le griffe au passage. Ses yeux se plissent de douleur, de surprise. Une plainte meurt dans sa bouche. Je le chasse d'un geste du bras comme une vague excuse, je m'enferme dans ma cahute minable, je m'y sens chez moi. Je mate le miroir bon marché accroché au-dessus de la bassine d'eau, ma paillasse recouverte du sac de couchage, la malle déglinguée dans laquelle se mélangent mes quelques fringues. Les cloisons en planches des quatre murs m'enveloppent dans une coquille dont je suis le fruit. Un fruit empoisonné recroquevillé dans cinq mètres carrés. Pas envie de retrouver la solitude de ma villa en toc dans la banlieue friquée. Pas envie de la fille qui ondulera des hanches assise sur moi. Ma dose de khat est la seule maîtresse que je tolérerai ce soir. Comme tous les soirs, en fin de compte.

Je m'assois sur la paillasse. Dehors le soleil déclinant tente une intrusion à travers les trous des cloisons. J'éteins mon portable. Qu'on m'oublie. Je défais les tiges écarlates reliées par un élastique et éparpille le bouquet sur mon sac de couchage. J'arrache une par une les feuilles de la plus longue branche. J'en prends assez pour caler une chique dans ma joue. Je commence à brouter méthodiquement. Je broie l'amertume dans ma bouche infecte. Je prends mon temps. La nuit entière se donne à moi. Le spectacle de la défonce sera comme toujours pour les ténèbres. J'attrape la bouteille de gin sous le matelas. J'avale le fond restant d'hier soir. Le liquide chaudasse coule dans ma gorge et détruit pour quelques heures la boule. Je trouve une deuxième bouteille dans la malle, je l'entame en attrapant une autre branche de khat. La chique déforme ma joue. Le jus déborde de mes lèvres. Je m'affaisse un peu sur le lit. J'économise mes gestes ; lever le bras droit, ouvrir la bouche, avaler le gin sans avaler la chique, reposer la bouteille entre les cuisses, brouter encore et encore jusqu'au résultat attendu. L'obscurité trinque avec moi. Les effets du suc macéré explosent enfin dans mon sang, le gin chauffe à blanc les veines qui coulent sous ma peau en fleuves furieux. Mes jambes flottent dans la chambre tanguante. Mon lit vogue sur une mer de cadavres qui se marrent à gorge déployée. Ils ont tous la même gueule, la mienne. Les branches de khat pissent le sang. Un trou béant s'ouvre sous mes pieds. Je plonge.

CHAPITRE TROIS

Asmara, Érythrée, 27 septembre 1993

Je me suis réveillé tôt ce matin. Dans mes rêves je chassais la nuit avec un bâton pour que la fête du Meskel arrive plus vite. On célèbre tous les ans ce jour sacré en l'honneur de la Croix. Alors la ville entière s'habille de blanc, et oublie ses malheurs. Depuis deux ans la guerre est finie.

J'aplatis mes cheveux avec de la salive. Le miroir de l'entrée rigole. Peu importe, du moment que Madiha me trouve beau. Elle viendra dîner avec ses parents ce soir. Nos pères ont fait la guerre d'indépendance ensemble. Autant dire qu'ils se connaissent depuis toujours. À chaque fois que papa rentrait du front, il me prenait sur ses genoux et me racontait la guerre avec ses mots tout en se caressant la barbe. Des mots choisis pour ne pas m'effrayer.

— Seyoum, tu es encore petit, mais tu dois comprendre que c'est important de se battre pour son pays, pour les valeurs de la liberté. Et l'Éthiopie nous empêche d'être libres depuis vingt-cinq ans. Voilà pourquoi il faut la combattre.

Moi je ne voyais pas trop où il voulait en venir. J'étais même un peu fâché à vrai dire. Les faux éclats de rire de maman et ses efforts pour faire semblant de rien me serraient le cœur. Papa partait des mois entiers sans qu'on ait de nouvelles. Tous les soirs, j'entendais maman prier, et ses pleurs souvent. La vision de ses larmes me faisait plus mal que celle des blessures que papa ramenait à chaque permission.

— Moi je croyais que le plus important dans la vie c'était de protéger les gens qu'on aime.

Un soupir de lassitude soulevait sa poitrine, papa ne disait plus rien. Il affichait un sourire à l'envers, et me grattait la tête sans s'en rendre compte, perdu dans ses pensées et dans ses propres questions.

Et puis il est rentré pour de bon. Il a repris son métier de journaliste. Il a ressorti son appareil photo. La maison a rouvert ses volets et s'est remise à chanter. La vilaine ride qui barrait le front de maman a disparu. Sa bouche a retrouvé de vrais éclats de rire.

Je me trouve chouette dans mon costume blanc pour la procession. Peut-être que j'aurais l'air plus cool si j'ouvrais le col de ma chemise ? Je me demande ce que Madiha préférerait ? Je pense à ses yeux qui envoient des petites flammes, à ses cheveux qui dansent avec son corps. On dirait une liane. Bien qu'on ait tous les deux huit ans, elle est plus grande et ça me vexe un peu. Je voudrais la protéger, mais c'est plutôt le contraire. Finalement je laisse le col boutonné.

— Seyoum ! Encore en train de rêver mon chéri ! Et

ton père, où est-il ? Va voir dans son bureau, et dis-lui que son article peut bien attendre demain !

Maman m'embrasse, mes petites sœurs pendues à sa robe ivoire brodée de fils d'or. D'un geste machinal, elle remet derrière son oreille une mèche échappée de son foulard. Je revois la scène au ralenti, comme dans certains de mes films préférés. Grand-père promène sur nous son regard de vieux baobab sage. Je file là-haut chercher papa.

Dehors, la vague blanche déferle dans les petites ruelles jusqu'à la grande place déjà envahie. Les femmes frappent des mains dans l'air frisquet. Le tempo des tam-tams en peau de zébu nous accueille devant l'église Nda Mariam. Les acacias épousent le rythme sous la brise. Mes sœurs suivent le parfum de savon à l'huile de cumin de maman. Papa serre de multiples mains. Grand-père, dans son costume d'apparat, m'évoque un roi venu de très loin. Il cherche quelques nafkas dans sa poche et me les fourre dans la mienne.

— Seyoum, mon enfant, va acheter au rond-point un fagot, pour l'ajouter au *damera.*

Le *damera*, c'est l'énorme bûcher qui réunira la procession entière ce soir. Chacun y empilera son petit fagot puis regardera le brasier lécher le ciel, et remplir d'espoir le cœur d'Asmara pour de bonnes récoltes et le maintien de la paix.

Je cours en zigzaguant afin d'éviter la foule. J'en profite pour faire un stop chez la mémé édentée qui vend des bonbecs. La pancarte sur la porte indique « Fermé pour cause d'allégresse ». Un peu déçu je fonce vers le stand de fagots. Le marchand me vend le dernier. Quand je reviens essoufflé sur la place de l'église, la procession se met déjà en marche, les prêtres en tête. De loin, la coiffe rouge du père Tesfay domine l'assemblée. Il brandit sa lourde croix ciselée. Le serpent immense de la foule suit la mesure des tam-tams. Les dattiers de l'avenue Hanet nous font la révérence. Un cantique éclate comme une bulle de chewing-gum. Je m'agrippe au bras de grand-père. Mes yeux rient, mon cœur s'emballe. Ma bouche chante faux et je m'en fiche. Elle imagine soudain un baiser sur celle de Madiha ce soir. La journée passe tout entière dans cet espoir.

CHAPITRE QUATRE

Zouara, Libye, 16 octobre 2015

Ce matin la boule a planté ses crocs dans ma poitrine, côté gauche, son point de chute ordinaire après mes délires nocturnes. Mais elle me gêne aujourd'hui plus que d'habitude. J'envoie un message à Ibrahim pour qu'il m'apporte un thé brûlant et bien fort. Ces connards d'hier ont fini mon thermos.

Il vient gratter à ma porte quinze minutes plus tard, le temps qu'il arrive de l'entrepôt avec ma bagnole. Je suis toujours allongé sur le lit, la main sur le torse, côté gauche.

— Entre Ibrahim.

Ses yeux de bon clebs sourient en me tendant le flacon. Je dévisse le couvercle. La vapeur poivrée apaise brièvement mon angoisse. Je me lève dans des effluves écœurants. Ibrahim fait semblant de rien. Je titube vers ma malle et en sors une tasse ébréchée que je remplis à ras bord. La première gorgée brûlante me fait toujours l'effet de la première taffe de clope, la meilleure.

Ibrahim attend que j'aie rouvert les yeux pour me parler.

— Andarg a appelé. Ils seront là dans une heure. Il voulait savoir si des flics patrouillaient ce matin près de chez nous. Au cas où, il a dit qu'il se planquerait à l'endroit habituel, en attendant qu'ils s'en aillent.

— Rappelle-le tout de suite. Dis-lui que c'est bon. Jusqu'à preuve du contraire les gardes-côtes ont fait le nécessaire pour qu'on nous foute la paix aujourd'hui.

— Tu veux autre chose ?

— Non, pas pour l'instant. Laisse-moi.

Il referme la porte derrière lui. Je reste assis sur la paillasse et bois mon thé par petites lampées. Je me fais penser à ce chat borgne, auquel Andarg file des bols de gin pour se marrer quand il est bourré. Et le chat agonisant revient tous les soirs pour sa ration d'alcool. Qui crèvera le premier entre lui et moi ? Pour me redonner une gueule convenable je m'asperge avec l'eau tiédasse de la bassine posée par terre. Je demanderai à Ibrahim de la changer tout à l'heure. En me relevant, je mate mon regard dans la glace. Je méprise ce regard fuyant. Je le hais. Ma voix agresse le silence : « T'arrêtes tes conneries avec tes angoisses ? Non, mais c'est quoi ces yeux de vierge effarouchée ? T'es un seigneur de la guerre ! Souviens-toi comment t'es arrivé ici ! Tu veux qu'on te rafraîchisse la mémoire ? T'as subi et maintenant tu fais subir. Tu maîtrises l'enfer. Toi et lui vous travaillez main dans la main, il n'y a que ça qui compte. Amen. » Je fais un signe de croix grotesque à mon reflet, et mon regard s'incline. Quand je le croise à nouveau, la flamme dure s'est rallumée. J'enfile ma chemise rouge délavée, mes tongs, et je sors. Je prends de plein fouet la claque du soleil. Finalement la tempête s'est tirée ailleurs. J'écoute le bruit calme du ressac en mode roulis de cailloux et d'algues. Le rythme de ma respiration se branche dessus. J'inspire tout l'air à ma portée. Puis je siffle Ibrahim. C'est comme si je sifflais mon ombre.

— Viens avec moi. On va jeter un coup d'œil au bateau avant l'embarquement. Je l'ai inspecté à la va-vite la dernière fois.

Il m'emboîte le pas. Mes tongs s'enfoncent dans le sable. Je les garde pour éviter de me niquer les pieds avec toutes les ordures rejetées par la mer. Bris de verre, seringues, canettes oxydées, groles défoncées, planches pourries aux clous rouillés, les pires. On marche vers la planque où on a rangé le bateau, à une centaine de mètres du cabanon. On l'a construite derrière cinq palmiers exténués. Bien enfouie sous du sable et des branches, elle est quasiment invisible. Ibrahim m'aide à dégager l'ouverture. On se met à genoux pour brasser le sable, comme deux gosses jouant au seau et à la pelle sur la plage. Je crache ma gueule de bois au passage, putain trente ans et déjà un souffle de cancéreux. Ibrahim transpire à peine, tout juste un halètement de chiot qui a soif.

Le cadenas s'ouvre sans problème. On force à deux sur la porte pour dégager le reste de sable. Je l'ouvre en grand pour y voir clair. L'espace confiné pue le renfermé. L'état de la coque a dû se détériorer en une semaine. Elle fait onze mètres sur deux, et un mètre cinquante de profondeur. En général le bois est garanti plus solide que le caoutchouc des zodiacs, surtout quand c'est du matos chinois. Je regarde de plus près la coque. La peinture verte et rouge est écaillée. Des fissures se répartissent des deux côtés. Mais c'est le fond qui m'inquiète. L'humidité l'a gangrené sur toute la longueur en laissant des cloques. Son étanchéité, déjà discutable, ne résistera pas au poids des passagers. J'enverrai la facture des gardes-côtes à cet enfoiré de Mokhtar si le bateau coule. Ibrahim écoute mes pensées et attend mes instructions.

— Quand Andarg et Zaher auront déchargé la cargaison des Érythréens à l'entrepôt, tu reviendras avec Zaher pour colmater le bateau. Vous irez d'abord en ville chez le droguiste acheter le matos nécessaire.

— Tu crois que ça suffira ?

— Qu'est-ce que j'en sais ? Essaie de récupérer aussi des planches qu'on clouera au fond.

— Et l'essence, on en a encore assez ?

— J'ai prévu un bidon supplémentaire. Avec le zef qui s'annonce, ils en auront plus que besoin pour arriver de l'autre côté.

On récupère ma bagnole garée pas loin pour rejoindre le hangar en banlieue. Je démarre et suis l'artère principale goudronnée. Je double un pick-up transportant deux dromadaires jaune pisseux à l'air blasé. J'ai l'impression qu'ils se foutent de moi. Je klaxonne histoire de. On croise plusieurs camions militaires pointant leurs mitraillettes comme des queues rutilantes. Puis un énorme poids lourd débordant de matelas éventrés et de canapés bariolés. Sur le bas-côté un groupe de bonnes femmes en abayas noires m'évoque des cafards en déroute. Je reconnais enfin le virage qui bifurque vers la droite. Une fois engagés sur la piste défoncée et pavée de caillasses, on tressaute dans tous les sens. Les suspensions de ma Toyota ont fait long feu. Je ne ralentis pas. Ibrahim dit entre deux bosses :

— J'emmènerai la voiture au garage si tu veux demain.

J'acquiesce. Un nuage de latérite balancé par un véhicule bloque la visibilité. Je ralentis un peu et finis par apercevoir le camion à benne bleu s'arrêter devant le hangar : la cargaison d'Érythréens.

Andarg et Zaher ouvrent les portières avant et descendent en même temps de la cabine. Ils ont maigri depuis leur départ pour la frontière soudanaise il y a quelques jours. Leurs yeux exorbités trahissent leur épuisement. Zaher, surtout. Il tient péniblement sur sa carcasse bancale. Ses fringues déchirées exhalent un truc malsain. Andarg s'avance vers moi et ses chicots jaunes me saluent.

— Salut Seyoum ! Ah c'est bon d'être de retour à la maison ! Quel foutu brasier ! Hein Zaher ? Et en plus il nous a ralentis cet abruti avec ce problème de roue de secours !

Zaher ricane en se balançant d'une jambe sur l'autre. Je remarque alors la blessure qui suinte de son tibia droit. La toile de son fute est encastrée dans la plaie béante. Un nuage vrombissant s'empiffre de sa chair à vif. En le regardant de plus près je lui trouve vraiment une sale tronche, l'œil vitreux et l'haleine fétide. La fièvre le fait transpirer comme un porc. Il réprime comme il peut des claquements de mâchoire. À tous les coups ce con est en train de faire une septicémie.

— Comment t'as chopé ce truc répugnant ?

— C'est rien Seyoum. Je me suis battu avec un Touareg en revenant à pied de Houn avec la roue. Cet enfoiré a voulu me la chourer et m'a filé un coup de machette. T'en fais pas, je lui ai réglé son compte. Regarde, en souvenir j'ai gardé la machette.

Il passe une main tremblante dans sa poche arrière, et en sort une machette au manche en ébène. La lame est tachée de sang séché. Il me la tend puis recule, l'odeur fadasse de la mort en marche dans son sillage.

— Prends ma caisse et va tout de suite au dispensaire sur le port, fais-toi passer pour un migrant. Ne va pas à l'hosto en ville, tu risquerais d'y crever.

— Mais Seyoum je t'assure que…

Je lui balance ma clé qui atterrit à ses pieds. Il n'a même pas tendu la main pour l'attraper.

— Fais ce que je te dis. C'est pas le moment que tu nous claques entre les doigts, j'ai besoin de toi pour la traversée. Dégage !

Zaher regarde Andarg qui me regarde, puis il ramasse la clé. Il traîne la patte vers ma bagnole. Ibrahim m'interroge des yeux pour savoir s'il doit aller avec lui. Je fais non d'un air mauvais. Je me tourne enfin vers le camion dans lequel les Érythréens sont toujours entassés, trop amorphes pour réaliser que la première étape est terminée. Quelques-uns gémissent une rengaine à leur survie. Je jette un œil rapide par-dessus la paroi de la benne. Merde, il y a pas mal de gosses tout de même. Le vagissement d'un bébé affamé troue l'air et réveille un peu la masse. Andarg en profite pour crier en tapant sur le capot :

— Terminus ! Tout le monde descend !

Il se dirige à l'arrière et déverrouille le cadenas de la porte qui retient les passagers. Six mecs qui y étaient adossés se cassent la gueule sans un cri, entraînant les autres dans leur chute. Ils se déversent sur le sol. L'odeur de pisse et d'excréments réveille mon envie de gerber. Je dis à Andarg, la main sur la bouche :

— Fais-les passer au jet d'eau avant de les recompter et récupère leur fric. Ils sont combien ?

— Toujours quarante-cinq.

— Ok. Après t'iras aider Ibrahim à colmater le bateau. Et vérifiez aussi que la remorque est en état pour le tracter jusqu'à la plage demain soir. On se retrouve ici tout à l'heure pour faire le point. Où est le khat que je t'ai demandé d'acheter ?

Andarg désigne la cabine.

— C'est bien. Tu l'apporteras avec deux bouteilles de gin.

Je me détourne de lui et examine vaguement la cargaison. Quarante-cinq zombies luisants me fixent du même regard suppliant. J'y vois passer les ombres d'épreuves inracontables. Leurs fringues en lambeaux sont maculées de déjections. Des mouches s'y vautrent sans qu'ils en soient conscients. Ils ont lourdé leur dignité quelque part dans le Sahara. Les abominations subies n'ont pas entamé le brasier au fond de leurs pupilles, ce putain d'espoir. Je pense au mec de vingt ans parti lui aussi d'Asmara il y a longtemps. La boule se rappelle à moi.

— Ça va Seyoum ?

Andarg pose la main sur mon épaule. Je me dégage brusquement.

— Mais oui ça va, lâche-moi. Allez, ôte-les de ma vue et ramène-les à peu près propres, je vais m'évanouir avec cette odeur.

Je m'éloigne, Ibrahim pendu à mes basques. Je sors une clope de ma poche de chemise. Il se précipite pour l'allumer. Mon regard dépasse l'entrepôt minable et la complainte monotone des Érythréens en bruit de fond. J'écrase ma clope par terre.

— Va remplacer Baktiar dans l'entrepôt, et distribue une ration de flotte aux Soudanais et aux Somaliens. Donne aussi du pain à leurs gosses, c'est mon jour de bonté. Ce soir on arrête enfin de jouer les nounous.

Je pose la main sur sa nuque. Il me regarde interloqué. Je la retire, moi aussi interloqué par mon geste.

— Mais qu'est-ce que tu fous encore là ? Retourne au boulot, on a des tas de trucs à régler.

Il hésite entre perplexité et inquiétude. Il file vers l'entrepôt en se retournant une ou deux fois. D'habitude j'évacue assez vite mes défonces nocturnes à coups de thé et de gueulantes. Ce matin, une sensation désagréable me colle à la peau comme une pellicule poisseuse.

CHAPITRE CINQ

Asmara, Érythrée, 29 décembre 2000

Grand-père m'appelle d'en bas. Maman a besoin de berbéré pour le repas de ce soir avec la famille de Madiha. On va fêter les derniers accords de paix avec l'Éthiopie. Pourtant je ne sens pas de gaieté particulière dans la maison, au contraire. Grand-père ne m'entend pas descendre l'escalier. Il examine son reflet dans le miroir de l'entrée. Même de profil, sa tristesse ne m'échappe pas.

L'orage a dépassé la ville et s'est accroché à la montagne. Nous marchons en silence vers le marché central, laissant nos pas clapoter dans les flaques. L'asphalte des rues sent l'odeur si typique d'après la pluie. Les dômes verts de la mosquée éclatent, phosphorescents, dans le ciel blanc. La place est grouillante. Quelques chèvres trempées frissonnent. Trois femmes prises par leur discussion sous un grand parapluie n'ont pas réalisé que le grain est passé. À l'angle de la ruelle aux épices, grand-père m'attrape le bras.

— Mon enfant, profite de ces instants de paix. Ils sont précieux. La fin de la longue guerre d'indépendance ne voulait pas dire grand-chose. Regarde ce qu'il s'est passé ces deux dernières années. Encore la guerre avec cette maudite Éthiopie ! Dieu nous met sans cesse à l'épreuve.

Une inquiétude voile ses yeux ridés. Pour la première fois il me paraît vieux. Mon cœur se serre tout petit dans ma poitrine. Que dire à sa barbe blanche ? Je cherche un mot réconfortant. Le moment se suspend dans le brouhaha de la rue. Son sourire retrouvé, il finit par lâcher mon bras, puis il reprend sa déambulation à travers la foule.

Quand nous rentrons à la maison, les injeras grésillent dans la poêle. J'embrasse maman sur ses cheveux en déposant le sac de berbéré sur la table de la cuisine. Puis je monte dans ma chambre. L'horloge Coca-Cola sur le mur égrène son tic-tac sans fin. Je me change deux ou trois fois. Je lis une BD. Je m'endors d'impatience sur mon lit. Quand ça sonne enfin à la porte, je dévale l'escalier. Le père de Madiha me tend la main le premier. Je la lui serre avec virilité et embrasse Mariam, sa femme. Puis je mets les mains dans mes poches, l'air relax. Mon cœur explose.

— Salut Madiha. Tu viens, on va écouter de la musique dans ma chambre ?

Jay-Z meuble l'espace et ma gêne. Madiha promène un regard distrait, mais toujours intimidant, sur les bouquins au-dessus de mon lit. Je ne sais pas quoi dire. Elle semble réfléchir intensément et s'exclame d'un coup :

— Tu trouves pas tes parents bizarres en ce moment ? J'ai l'impression que les miens me cachent des trucs. Papa est tout le temps stressé quand il rentre du boulot. Il parle souvent à l'oreille de maman pour pas que j'entende. La guerre est finie pourtant !

Je garde mon air relax.

— Ton père, avec le job qu'il a au gouvernement, c'est normal qu'il soit stressé non ? Mon père est pareil. Toujours pessimiste ! Il dit que les choses vont empirer même si la guerre est finie, mais en attendant il se passe rien.

Les non-dits se baladent aussi dans les couloirs de la maison, mais je ne le mentionne pas. Jay-Z nous chante des trucs en anglais qu'on ne pige pas. On descend à table. Taquineries de mon grand-père, chamailleries entre mes sœurs, saveur brûlée des injeras, bouche en feu après le ragoût épicé, rire de Madiha, joie de maman : le repas nous régale. Papa, avant de se lever de table, embrasse les cheveux de maman. Le moment est venu.

— Tu viens Madiha, on va prendre l'air ?

Les yeux brillants de la nuit sont aux premières loges. Ça me bloque un peu. Je cherche les mots justes dans ma tête, mais comme ils sonnent faux je me tais. On a déjà fait le tour du pâté de maisons. Madiha me pousse derrière le mur, à l'angle de la rue. La flamme d'un briquet, à quelques mètres, éclaire le visage de mon père.

— Osman, sois raisonnable, je t'en prie. Tu vas vraiment finir par avoir des ennuis. Crois-moi quand je te dis qu'il est en train de péter les plombs.

Madiha, reconnaissant la voix de son père, se colle contre moi. La nuit protège mon trouble.

— Allons mon ami, tu exagères. Afeworki n'est capable que de menaces. Il ne me fera jamais de mal. Toutes ces années de combat ensemble, ça ne s'oublie pas.

Pourquoi papa ne m'a-t-il jamais dit qu'il connaissait le président de notre pays ?

— Je suis sérieux. Il faut que tu arrêtes tes provocations. Il est à deux doigts de faire interdire ton journal. Tu sais très bien que vous n'êtes plus amis, et tu continues à tirer sur la corde.

J'attrape la main de Madiha. Elle la serre sans rien dire.

— Mais enfin tu te rappelles comme moi qu'il s'est battu à nos côtés pour l'indépendance. Bon sang, on a tout fait pour qu'il devienne notre leader à l'époque !

Le père de Madiha allume à son tour une cigarette. Le bout rougeoyant s'agite dans l'air, et trahit son irritation.

— Tu le dis toi-même, c'était à l'époque. Presque dix ans. Les temps et ses idées ont changé, et aujourd'hui tu es dans sa ligne de mire. Il ne va pas se contenter de ton journal, il envisage carrément de supprimer la presse libre. Ce type est fou Osman, il me fait peur. Pense à tes gosses.

Mes ongles s'enfoncent dans les doigts de Madiha. Elle pousse un léger cri.

— Justement je pense à eux quand j'informe les gens de ses agissements. Il est en train d'instaurer une véritable dictature et il faudrait se taire ! Je ne veux pas de ça pour nos enfants. Peut-être qu'on devrait quitter le pays pendant qu'il est encore temps.

J'entends le souffle court de Madiha. Ou bien est-ce le mien ? La situation est-elle aussi grave ? De quoi parlent-ils exactement ? Le père de Madiha jette sa cigarette par terre.

— Il faut que tu réalises que je ne vais pas pouvoir te protéger encore très longtemps. Mon statut au gouvernement ne vaut plus grand-chose tu sais. Moi aussi je suis sur la sellette.

Madiha me lâche la main, et se ronge un ongle. Mon père finit par dire sans conviction :

— Issayas, reparlons de tout ça une autre fois. Dans le fond, je ne peux pas croire que sa mégalomanie balaie le reste. Allez, rentrons rejoindre nos familles. En parlant de ça, tu as remarqué que Seyoum avait un gros faible pour Madiha ?

— Haha, mais oui bien sûr, j'ai remarqué depuis longtemps comme tout le monde ! À mon avis, Madiha est la seule à ne pas le savoir !

La brûlure de la honte embrase mon front. Ils s'éloignent enfin. Dans le silence retrouvé, Madiha pose un baiser sur mes lèvres.

CHAPITRE SIX

Zouara, Libye, 16 octobre 2015

J'ai fini par récupérer ma bagnole. Zaher est rentré à l'entrepôt avec un bandage autour du tibia et des antibiotiques pour trois semaines. Je longe les quais du port industriel. Des centaines de conteneurs s'y entassent, prêts à gaver les cargos en partance pour l'Europe. Je me demande combien de migrants pourraient tenir sur le plus gros, et évalue le jackpot dans ma tête. Pourquoi personne n'y a jamais pensé ? Je prends la direction du centre-ville. Les quartiers mornes s'étendent dans les cailloux et la latérite. Pendant des kilomètres, sur des routes défoncées, défilent les mêmes bicoques en torchis, les grappes de détritus, les chèvres miteuses... Ma baraque, dans le quartier résidentiel, fait figure de palace. Je n'y vais presque jamais, j'y organise de temps en temps un méchoui avec les chefs des autres gangs pour maintenir le contact et leur rappeler qui je suis. Ils doivent passer demain soir, pour faire le point. J'imagine ces connards entassés sur mes canapés en skaï, des filles grasses comme des loukoums suspendues à leur cou. J'attrape une clope dans la boîte à gants pour penser à autre chose.

Je me gare le long de la place amorphe à la pelouse grillée. Un clébard efflanqué pionce sous un lampadaire rouillé. La banque Western Union crâne avec sa façade en lettres dorées. Quelques lauriers-roses bouffés par la vermine montent la garde en bas des marches. Un sbire me salue mollement à l'entrée. La climatisation à l'intérieur me fait l'effet d'une chambre froide. Les guichetiers ont des tronches de viande avariée. L'un d'eux, en me voyant, se précipite :

— Bonjour monsieur Ephrem, comment allez-vous ? Asseyez-vous, que je prévienne monsieur Senussi de votre arrivée. Un thé ? Un café ?

— Un thé à la menthe.

Je m'affale dans l'un des fauteuils du salon d'accueil. Je bois le thé trop sucré en comptant les lézardes sur le mur. Mon banquier et son sourire hypocrite accourent vers moi. Lui et moi avons quelques petits arrangements dont sa direction n'est pas au courant. Il me précède dans son bureau.

— Monsieur Ephrem, que puis-je faire pour vous ? Vous voulez que je vous dresse un récapitulatif de vos placements ? Les affaires ont été bonnes sur les trois derniers mois.

— Non, je ne suis pas venu pour ça. De toute façon c'est dans votre intérêt que tout se passe bien.

Senussi déglutit avec difficulté, et ne relève pas.

— Si je suis venu vous voir, c'est pour connaître le

délai le plus rapide pour effectuer un gros retrait sur mon compte. Et quand je dis gros, je veux dire très gros.

Il s'éponge plusieurs fois le front avec un mouchoir sale et planque son malaise derrière son bureau.

— Monsieur Ephrem, j'espère que vous ne comptez pas nous quitter bientôt ?

Je tire sur ma barbe en prenant mon pied à le regarder paniquer.

— Ce n'est pas ce que j'ai dit. Je me renseigne, c'est tout. D'ailleurs je reviendrai faire un dépôt demain dans l'après-midi. Vous serez sûrement à la banque ?

La sonnerie de mon téléphone fige son air abruti en un point d'interrogation. C'est Andarg.

— Les Érythréens sont prêts. Mais y en a un qui fout le bordel, ça s'agite un peu du coup. T'es où ?

— En ville. J'avais deux courses à faire, mais j'arrive.

Je raccroche et me lève.

— Je dois y aller. Demain vous m'expliquerez comment ça se passe pour ce retrait éventuel et sa rapidité d'exécution, surtout.

Senussi sort de sa torpeur et se lève à son tour en bégayant :

— Monsieur Ephrem, il faut quand même que vous sachiez qu'avec la crise pétrolière actuelle et le fait qu'une partie de votre argent soit placée, il y a un risque que nous n'ayons pas immédiatement la liquidi…

Je le coupe d'un geste :

— Je vous paie grassement pour éviter ce genre de contrariété. À demain.

Je ne serre pas la main qu'il me tend. Je gerbe son insignifiance et les bassesses qui l'ont construit. Ce mec sera toujours le larbin de sa hiérarchie et de ses clients. Il continuera à faire ses coups en douce pour grimper l'escabeau bancal de sa vie. Dans le meilleur des cas il crèvera en taule. Je l'imagine plutôt se faire tabasser à mort dans un bouge du port et se faire bouffer par les rats. Je tâte mon paquet de clopes dans la poche de ma chemise. Avant de quitter la banque je m'arrête aux chiottes pour boire un peu de flotte. Les lavabos en marbre puent le clinquant. J'évite le miroir en face de moi. Je sens que l'angoisse rapplique, cette saleté qui me crève à petit feu traînasse partout où je suis. Elle m'aura. Je reprends ma caisse.

Andarg m'attend devant le hangar. Une vague rumeur vient de l'intérieur, un truc larvé qui gronde un peu trop fort. J'ai l'habitude. C'est typique des arrivées. Une seule brebis galeuse suffit à réveiller un sursaut de dignité collective. Je bâille et allume une clope. Couvrant la voix de la masse, Marwan aboie quelque chose que je n'entends pas. Andarg s'avance vers moi et me taxe une clope.

— Salut Seyoum. Marwan et Ibrahim gèrent à l'intérieur. Comme je te disais, y a un des Érythréens qui la ramène un peu trop. Il paraîtrait qu'on les traite mal, que les gosses vont crever dans cette fournaise. Il réclame aussi du lait pour son bébé. Sa femme est tellement maigre qu'elle est à sec.

— Ok. Fais-le sortir. Je vais lui expliquer comment ça se passe.

Il ouvre la porte du hangar. La fournaise m'empoigne. Je recule. J'aperçois Marwan donner un coup de trique à deux mecs en train de s'insulter. Les autres sont allongés en vrac et n'attendent plus grand-chose. Les deux mecs pourraient se déchiqueter sous leurs yeux en toute tranquillité. Des femmes exténuées bercent leurs mômes accrochés à leurs flancs. Elles répètent en boucle des litanies du bout des lèvres. Je détourne le regard et laisse Andarg aller trouver le connard qui fout le bordel. Il sort, suivi d'un grand mec balafré, un rictus de défi agrippé à sa bouche.

— Comment tu t'appelles ?

— Yossof Zenawi. Et toi ?

Ce con s'imagine qu'on est en train de faire connaissance.

— C'est moi qui pose les questions ici. C'est quoi ton problème ?

— On nous traite comme du bétail. On s'est tous saignés pour pouvoir payer ce voyage infernal. On mérite au moins un peu à boire et à manger non ?

Je fais un pas vers lui. Il est plus grand que moi. Sa cicatrice divise son visage en deux masques, le bravache et l'indécis. Il croit m'impressionner ? Les mecs comme lui sont les premiers à s'incliner sous la menace d'une baffe. Il use ses dernières forces pour sa femme et son gosse, mais il va vite comprendre.

— En parlant de se saigner, fais voir le pognon pour ta femme, toi et ton môme au lieu de jouer les rebelles.

En une seconde l'arrogance quitte son regard. Il s'affaisse légèrement. Quelques mots ont suffi. C'était plus rapide que prévu. Presque trop facile. J'insiste :

— Vas-y, fais voir je te dis. Et j'espère qu'on ne t'a

pas expliqué qu'il y avait tarif réduit pour les mioches sinon t'es dans la merde mon pote.

Ses yeux se fixent sur ses godasses. Enfin ce qu'il en reste. Ses mains tremblent. Une traînée de sueur coule le long de ses tempes. Je les regarde battre au rythme de son cœur. Il est en train de paniquer. Il finit par se lancer.

— Écoute, monsieur…

Il s'interrompt en voyant Andarg sortir du hangar en courant et s'arrêter devant moi essoufflé pour me tendre son portable.

— Tu réponds pas à ton téléphone ? Y a le Soudanais qui n'arrive pas à te joindre. Du coup c'est moi qu'il a appelé. Il dit que c'est urgent.

Je fouille mes poches pour trouver mon téléphone. Je n'y trouve que mon paquet de clopes. Merde ! J'ai dû le laisser dans la voiture. Je prends celui d'Andarg en agitant le bras vers l'entrepôt pour qu'il y retourne. L'Érythréen regarde toujours ses pompes en attendant.

— Allô Banda, c'est Ephrem, ça va mon frère ?

— Salut, j' te dérange ?

— Non, non c'est bon, mais dis-moi vite, je suis juste en train de réceptionner une cargaison d'Érythréens.

— J'ai besoin de te voir. C'est urgent.

Je perçois la gêne dans sa voix. Et autre chose aussi.

— Donne-moi une heure le temps que je termine ici, ok ? Ça tombe bien que tu m'appelles, j'ai des trucs à te dire moi aussi. On se voit au même endroit que d'habitude ?

Je raccroche. L'Érythréen me dévisage avec un air de stupeur comme s'il voyait Dieu en personne.

— T'as vraiment un problème de comportement mec. Pourquoi tu me regardes comme ça ?

— Tu t'appelles Ephrem ?! T'es érythréen alors ! T'as un lien avec le journaliste Osman Ephrem ?

Quelque chose explose à l'intérieur de moi. Une vanne béante qui déverse des torrents de rage. Je me jette sur lui et l'empoigne par le cou. Il tombe à la renverse en criant de surprise. Avant qu'il ne puisse réagir je me penche sur lui et lui envoie de toutes mes forces mon poing dans la tronche. L'impact du coup fait craquer mes phalanges et sa mâchoire. Il hurle de douleur. Dans ma furie qui balaie tout, je l'entends à peine. Il met ses bras devant son visage pour parer au prochain coup, que je suspends. Je secoue la main en maugréant entre mes dents « Putain il m'a fait mal ce con ». L'air est irrespirable. Ma fureur irradie dans chaque parcelle de mon corps. Toute pensée rationnelle a quitté mon cerveau. N'y reste qu'un hurlement muet. Oui, mais pourquoi ? Ce pourquoi me fait descendre d'un cran. Reprends-toi bon sang. Reprends-toi.

L'Érythréen me regarde, apeuré. Il s'imaginait quoi ? Réveiller ma corde sensible en invoquant une patrie commune ? Il voulait me dire « toi et moi on est frères, le même sang coule dans nos veines, nos pères et nos mères se connaissaient c'est sûr avant la terreur, avant l'indicible, peut-être aussi qu'on était dans la même école, tu te rappelles ? ». Ce mec croit qu'on a encore un passé ? Je déglutis ma rage. L'air revient fluide dans mes poumons. Je m'approche de lui.

— Allez, relève-toi ! Et arrête ton numéro sinon je t'en recolle une. Tu veux pas qu'on t'apporte une bière en plus ? C'est simple, si t'as pas le pognon tu prends ta gonzesse et ton mioche sous le bras, compris ?

Sa bouche saigne sur son t-shirt. Il y pose les doigts et se relève en vacillant. Il remue avec difficulté ses lèvres défoncées :

— Attends, attends. Écoute-moi, s'il te plaît.

Il crache sur le sol une giclée de sang que la poussière suce avec avidité. Il se redresse comme il peut, je vois bien qu'il réfléchit, qu'il veut gagner du temps :

— Ce que je voulais te dire c'est qu'en partant d'Asmara on n'était que deux… Ma femme était déjà enceinte mais on était sûrs que le bébé allait naître en Italie, pas dans le désert. Elle a accouché avant terme. Et puis surtout on ne pensait pas mettre autant de temps pour arriver ici.

Son discours ne m'émeut pas une seconde.

— Tu croyais que traverser le Sahara, c'était une partie de plaisir ? Un petit trekking à l'occidentale ? Mais t'es vraiment le roi des naïfs ! Ne va pas me dire que t'étais pas au courant des risques !

— Ma femme et moi on a économisé pendant des années pour payer nos deux passages. Et tu sais comme moi comment c'est à Asmara…

Je l'interromps à nouveau. Pourquoi perdre mon temps à écouter ce geignard ? C'est toujours la même rengaine. Il n'y a jamais de lauréat au concours de la misère. Ici tout le monde gagne à tous les coups. Vous êtes tous des champions les mecs ! Félicitations ! En tout cas j'ai trouvé mon pigeon pour la traversée. Je n'aurai pas tout à fait perdu mon temps. Et celui-là me va bien. Je fais mine de bâiller.

— Je me fous de savoir à quel point t'as galéré pour payer tes deux billets pour le paradis italien. Ni du nombre d'années. Pour moi seuls importent les comptes. C'est simple, trois personnes, trois places, bébé prématuré ou pas. Donc soit tu sors six mille dollars de ta poche soit tu dégages. Et je te préviens que c'est la dernière traversée de l'année, après celle-là, on ferme jusqu'au printemps prochain.

Il fait un geste d'impuissance en levant les mains au ciel. Comme si Dieu avait quelque chose à voir là-dedans. Ça fait bien longtemps que Dieu a jeté l'éponge, trop de boulot les gars, je me tire ! Je regarde ma montre. Banda m'attend.

— T'es pas près de voir les côtes italiennes. À moins que tu serves ton petit déballage aux autres qui attendent dans l'entrepôt pour qu'ils te filent du pognon pour ton gosse. Mais si j'étais toi je compterais pas trop dessus.

Je me dirige vers le hangar. Il me suit en traînant des pieds. On reprendra notre discussion plus tard quand je lui proposerai mon marché. J'ouvre la lourde porte et lui fais signe d'entrer. Il m'obéit sans un mot. Je cherche Andarg des yeux et le siffle. Il est en train de se marrer avec Ibrahim au fond de l'entrepôt. Ibrahim trouve auprès de lui un semblant d'affection que je lui ai toujours refusé. Il ne renonce pas pour autant à l'obtenir un jour. Il se raidit cependant en me voyant. Par réflexe il gueule sur le premier type couché à ses pieds. Andarg enjambe la masse en distribuant quelques taloches au passage sans susciter de réaction. Je lui rends son téléphone et lui explique que je vais retrouver le Soudanais. Qu'il m'appelle en cas de nouveau problème. Je regarde tous ces corps vautrés dans le renoncement entassés les uns sur les autres. Les problèmes ne devraient pas venir d'eux jusqu'à ce soir.

CHAPITRE SEPT

Banda est déjà installé à notre table habituelle quand je rentre dans le café. Il semble contrarié, alors que, lors de la dernière fiesta dans ma villa, il affichait la satisfaction tranquille du chef d'un des gangs les plus prospères de la côte.

On organise de temps en temps ces beuveries pour les guignols fraîchement débarqués. Histoire qu'ils comprennent qu'implanter leur business ici a un prix, fixe et mensuel. Après tout ils ont pignon sur rue en bossant sur nos territoires. Sans compter qu'on leur fournit souvent bateaux ou passagers en leur laissant accès à notre réseau, au compte-gouttes quand même. Ces soirs-là on joue nos rôles de caïds incontestés avec le même rituel lassant mais nécessaire. On arrose les mecs de gin et de vodka, on les régale, de cannabis et de putes bon marché, puis on leur réclame notre dû en fin de soirée, en cash. Jusqu'à présent ces petits malfrats ne remettent pas ouvertement en question notre suprématie. Mais je trouve le climat plus tendu depuis un an. La racaille rapplique trop et la côte n'est pas extensible.

Banda et moi avons échoué sur ces rives pourries à peu près en même temps, lui de Khartoum, moi d'Asmara. On était encore presque des gosses. Notre rencontre dans une taule de Tripoli a construit les liens d'une relation solidaire face à l'adversité, et avec le temps une loyauté tacite. C'est déjà beaucoup. En fait Banda est le seul mec en qui j'aie confiance. Jusqu'à preuve du contraire. Chacun gère son business dans un respect mutuel de nos plates-bandes.

Banda m'invite à m'asseoir de sa large main bagousée. Il a un penchant pour les breloques en tous genres, chères si possible. Je n'ai jamais compris ce travers de gonzesse. Un anneau en diamant pend à son oreille gauche. Il le tripote entre ses doigts. Ce tic trahit sa nervosité, je le lui connais depuis des années. Le tapage ambiant de ce boui-boui garantit toujours la discrétion de nos échanges. L'endroit est bondé comme d'habitude. Je reconnais de loin quatre ou cinq mecs en treillis qui bossent pour Ftis. Ils ne me calculent pas, absorbés à mastiquer un khebab entre deux bouffées de chicha. L'odeur de graillon mêlée à celle du tabac me coupe toute envie d'avaler un truc. Je fais signe au serveur de m'apporter une pipe et m'assois en face de Banda. Son air en biais, inhabituel, fuyant, pue la trouille. Je remarque alors deux de ses sbires assis à une table à quelques mètres. Leur fausse désinvolture envoie un signal d'alarme à mon cerveau.

— Banda, c'est quoi l'embrouille ? Tu viens toujours seul d'habitude. Tes hommes me rendent nerveux, qu'est-ce qu'ils foutent là ?

— Moi aussi j'aimerais bien comprendre l'embrouille.

Il triture son anneau sans plus rien dire.

— Mais enfin c'est toi qui m'as demandé de venir. Parle !

Il continue à se taire. Ses pupilles intrusives fouillent les miennes. Son nez énorme et vérolé me menace. Il pose ses deux poings fermés au milieu de la table, comme deux flingues prêts à être dégainés. Je recule malgré moi et m'appuie sur le dossier de ma chaise en plastique. Il cherche à me déstabiliser ou quoi ? Son silence est délibérément hostile. Ses doigts malaxent le lobe de son oreille. J'ai autre chose à faire que de déchiffrer ses humeurs cryptiques. Je me lève brusquement. Mon geste le désarçonne, il se lève aussi.

— Seyoum, il y a trop de monde ici. Allons continuer cette discussion dans ma voiture, d'accord ?

— Je suis d'accord si tes chiens de garde restent ici à sucer leur chicha.

Il fait signe aux deux mecs de ne pas moufter et traîne sa masse gigantesque vers la sortie. Nous marchons jusqu'à son SUV garé sous un dattier croulant sous ses fruits. J'en chope deux au passage et me nettoie la bouche de leur miel. Le penchant de Banda pour le clinquant finira par lui causer des problèmes. J'ai essayé de le lui dire la dernière fois chez moi. J'observais du coin de l'œil les mecs affalés les uns sur les autres dans mes canapés. Chauffés par l'alcool et la drogue ils s'autocongratulaient, se félicitaient de faire plus de pognon que les narcotrafiquants ou les marchands d'armes. Leurs yeux bouffés par l'avidité brillaient de cette certitude. Je sentais que leurs regards sur Banda étaient vaguement agressifs. Ça n'était pas flagrant, des petits gestes exaspérés, bravaches. Quand je le lui ai fait remarquer, Banda m'a traité de parano. Mais dans l'arrogance palpable de cette bande d'arrivistes, je lis le symptôme d'un soulèvement qui ne manquera pas de nous péter à la figure.

Banda attrape une bouteille de téquila dans la boîte à gants. Il s'enquille une bonne rasade et me passe la bouteille. Je m'enfile la même dose dans le gosier.

Il sort un paquet de clopes, s'en fourre deux dans la bouche et les allume en même temps, puis m'en tend une. Après le coup de l'intimidation il me fait celui de la clope conviviale. Je reste sur mes gardes. Et pour mettre un peu de distance je balance ma bouffée entre lui et moi. Il tousse un peu.

— J'ai besoin de savoir. T'as parlé à quelqu'un du matos des anciens entrepôts militaires de Kadhafi ?

C'est moi qui tousse à présent, de surprise.

— Bien sûr que non. Je pensais que tu m'avais appelé pour qu'on parle de pognon. La part que je te dois, et la commission pour ton pote qui t'a rancardé sur le stock. Qu'est-ce qui s'est passé, ça a foiré ? Il veut plus vendre les zodiacs ?

Banda avait été contacté quelques jours avant par un de ses potes dans l'armée. Le mec cherchait à refourguer du matos militaire. Évidemment j'étais preneur, c'était même une aubaine qu'il reste encore des stocks de l'époque. Kadhafi était clamsé depuis quatre ans déjà. C'est Banda qui devait gérer l'achat directement avec son contact, et je lui rembourserais ma part dès réception des zodiacs.

— Non. J'ai acheté toute la came comme convenu. Ce matin à l'aube mes hommes sont allés récupérer les bateaux au moment même où mon pote a reçu le transfert du paiement. Mes gars ne savaient pas à l'avance où ils devaient aller. Il n'y avait que mon pote, toi et moi qui étions au courant de la localisation de la planque. Et pourtant quand ils se sont pointés là-bas avec mes instructions, le matos avait disparu et les deux soldats qui gardaient l'entrepôt étaient morts. Ils ont été égorgés devant l'entrée. Leur sang était encore chaud. Tu sais ce que ça veut dire ? Ça veut dire que non seulement les salopards qui ont fait ça ont été rancardés mais qu'en plus ils ont attendu que j'aie filé mon pognon pour piquer la came. Et c'est vrai que pendant deux secondes je me suis demandé si c'était pas toi qui étais derrière ça.

Je maintiens l'écran de fumée entre nous avant de jeter mon mégot par la fenêtre.

— Et tu peux m'expliquer à quoi ça m'aurait servi de t'enculer comme ça ?

— J'en sais rien. À m'affaiblir. Me décrédibiliser vis-à-vis des autres gangs en faisant courir le bruit que non seulement j'avais pas récupéré le matos mais qu'en plus j'avais perdu un sacré fric pour rien. Enfin un truc du genre.

Je le regarde comme si je le voyais pour la première fois de ma vie. Et ma première impression n'est pas bonne. Elle me dit : « Qui est ce débutant devant toi ? Ne va pas faire de business avec lui. » Elle me dit : « Méfie-toi des impulsifs. »

Sauf que je le connais depuis quinze ans.

— Mais enfin tu vois pas que c'est plutôt ton soi-disant pote qui t'a entubé jusqu'à la moelle ? Si ça se trouve il s'est maqué avec les Égyptiens, il a empoché le fric et il est en train de leur revendre la came. C'est évident ! Tu te méfies pas assez ! Combien de fois je t'ai mis en garde ? T'as quoi dans le cerveau ? De la bouillie de chat ? Et c'est moi que tu oses soupçonner en premier ? Tu le connais depuis combien de temps, l'autre ? Trois minutes et demie ?

Je frappe un grand coup sur la boîte à gants, submergé à nouveau par une colère infinie. Banda se colle contre la vitre, effrayé par cet aspect de moi qu'il découvre. Je refrappe un grand coup en disant « Fais chier ! », la douleur dans la main se rappelant à moi. J'arrache presque la poignée en ouvrant la portière de la bagnole. Je mets toute ma frustration dans la violence avec laquelle je la claque derrière moi. Puis je hurle sans me retourner un dernier « Putain de merde ! » adressé à Banda en guise d'adieu.

CHAPITRE HUIT

Asmara, Érythrée, 18 septembre 2001

Ça fera bientôt un an. J'ai gardé tous les détails dans un coffret secret rangé dans ma tête. Elle avait fait le premier pas ce soir-là. Je garde intact le souvenir de notre premier baiser sous les étoiles voyeuses. Aucun n'a eu le même goût depuis.

Madiha, c'est ma vie. Pourvu que je sois la sienne. Je pourrais mourir pour elle. Cette pensée quotidienne me sert d'antidote contre la tension ambiante chez nous. La maigreur effrayante de maman, le mutisme de papa, la tristesse sans nom de grand-père.

On a rendez-vous dans une heure dans le quartier de la Piccola Roma. Madiha m'a appelé pour me dire de la retrouver devant le cinéma Impero. Elle doit me voir. C'est urgent. « Non Seyoum, n'insiste pas, je ne peux pas t'en parler au téléphone. »

Son anxiété tapait dans mon crâne. J'avais dû lui faire répéter l'endroit de notre rendez-vous. L'objet de ce rendez-vous n'était clairement pas de s'embrasser dans la pénombre de la salle de cinoche.

— Seyoum !

— Oui m'man ?

— Descends, Madiha est là !

Pourquoi est-elle venue à la maison ? J'attends trois minutes avant de descendre l'escalier. Madiha flotte dans une robe trois fois trop grande pour elle. L'angoisse que je lis dans ses yeux m'inquiète un peu. Maman fait semblant de rien.

— Bon les enfants j'ai du travail à faire dans la cuisine. Si vous sortez, restez pas loin de notre rue, d'accord ?

Le regard insistant de Madiha me pousse vers la porte d'entrée. Je fais « Salut m'man » mais elle a déjà disparu pour élaborer une nouvelle recette compliquée. Ça lui a pris ces derniers temps, comme pour se distraire du reste. Papa y goûte de façon absente, lui si gourmand d'habitude. Il dit machinalement « C'est bon ma chérie ». Si maman mettait un rat crevé dans son assiette, est-ce qu'il noterait la différence ?

Dehors, la plupart des maisons ont fermé leurs volets. Même le bleu du ciel et les bougainvilliers fuchsia des façades ne la ramènent pas trop. Dans la rue déserte Madiha ne m'a pas pris la main comme elle le fait d'ordinaire.

— Qu'est-ce qui se passe Madiha ? Pourquoi tu es venue directement chez moi ?

Elle m'attrape, soudain, par les deux bras. Je ne lui dis pas qu'elle me griffe.

— Je n'ai pas pu attendre. Il s'est passé une chose atroce aujourd'hui. Presque personne n'est au courant.

La pensée terrifiante qui l'habite déforme ses traits. Son visage fantomatique me fait peur.

— Calme-toi. Viens, on va s'asseoir. Sur le banc là-bas.

Je la pousse à l'ombre d'un jacaranda. Un chat indifférent à sa détresse se lèche la patte. On s'assoit à côté de lui. Les larmes jaillissent d'un seul coup, que j'embrasse en même temps que ses joues salées. Elle finit par se redresser.

— J'ai entendu une conversation entre mes parents. Je n'ai jamais vu papa dans cet état-là. Il criait. Il paniquait. Il était comme fou. Il veut que nous fuyions le pays le plus vite possible.

Je jette un coup d'œil sur le chat pour lui piquer un peu de sa sérénité.

— Mais ça n'est pas la première fois qu'il en parle. Mon père aussi. Tu sais bien qu'ils...

— Écoute-moi Seyoum, cette fois c'est sérieux. Et concret. Ton père ne t'a rien dit sur la rafle ?

— Quelle rafle ? Non je ne suis pas au courant. Je n'ai pas vu papa depuis hier soir. Il est reparti au bureau après le dîner. Je crois qu'il a dormi là-bas.

Sur sa lancée, elle ne m'écoute pas :

— Ce matin très tôt ils ont débarqué chez onze membres du gouvernement, tous des anciens proches d'Afeworki. Ils les ont arrachés de leur lit et les ont poussés dans des 4 × 4 surveillés par les hommes de la sécurité d'État.

— Je ne comprends pas. Si ces gens font partie du

gouvernement pourquoi on les a arrêtés ? Et ton père lui aussi est un proche collaborateur d'Afeworki. Mais enfin, qu'est-ce qui se passe ?

À la mention de son père Madiha se remet à pleurer. Je me maudis intérieurement. Le chat qui a fini sa toilette saute sur ses genoux, comme s'il sentait qu'il était temps d'agir. Elle sursaute mais ne le chasse pas. Elle agrippe ma main en me serrant les doigts.

— Ils sont quinze à avoir signé une lettre ouverte pour dénoncer la dictature d'Afeworki. Papa fait partie des signataires. C'est horrible, lui aussi risque de se faire arrêter.

— Mais qu'est-ce que tu fais ici alors ? Il faut que tu rentres chez toi ! Tes parents savent que tu es avec moi ?

— Non. Dès que j'ai entendu leur conversation je t'ai appelé. Et puis je suis venue tout de suite.

Elle se tait, mais je sens qu'elle n'a pas fini. Ses yeux me racontent un truc supplémentaire que sa bouche n'ose pas me dire. Je prends une grande goulée d'air.

— Et ?

— C'est ton père qui a publié la lettre dans son journal.

CHAPITRE NEUF

Zouara, Libye, 16 octobre 2015

Je roule à toute berzingue malgré le trafic sur l'artère qui me ramène vers l'entrepôt. J'évite à peine les clébards faméliques au bord de la route. Je ne ralentirais d'ailleurs pas si l'un d'eux voulait quitter cette vie de misère en se jetant sous mes roues. J'allume une clope pour calmer ma rage dans ce geste machinal, mais je revois Banda m'en tendant une dans son SUV. Je remercie Dieu au passage de n'avoir perdu aucun pognon dans ce fiasco, contrairement à Banda. Plus important que l'oseille encore, il a perdu le seul bien qui compte, le respect. La déclaration de guerre est arrivée plus tôt que prévu. J'ai mal jaugé notre affaiblissement. Et maintenant il est trop tard. Si Banda tombe je tomberai tôt ou tard. Ils ont signé la fin de notre règne avec le sang de deux pauvres types égorgés devant un hangar. Banda a été aveuglé par le succès facile et les courbettes de tous ces arrivistes rêvant de le buter. De nous buter.

Et moi aussi je me suis laissé aveugler ; pas par le fric

si cher à Banda, mais par cette foutue angoisse qui ronge ma lucidité, mon sang-froid, le bon sens qui me maintenait jusqu'à présent en vie. La panique envoie à mon cerveau un message abject, évident : je ne veux pas crever. Je ne veux pas crever. Je ne veux pas crever.

Des vagues de sueur et de larmes m'agressent de leur sel corrosif, leur acidité détruit ma virilité. Ce regain de faiblesse décuple mon envie de tout faire péter. Je fonce sur une pyramide de bouteilles d'eau empilées à côté d'un pauvre type avachi sur une chaise. Il se lève d'un bond, terrorisé, et tombe en arrière le cul dans la caillasse. J'explose de rire en même temps que les dizaines de bouteilles s'effondrent. Puis je rectifie ma trajectoire pour me remettre dans la circulation. Je me sens mieux. Je repense au connard d'Érythréen. C'est le moment de passer mes nerfs sur lui et de reprendre notre conversation. Je gérerai la situation avec Banda plus tard.

Rien n'a bougé depuis mon absence. Le hangar dans son armure en tôle nargue un ciel charriant des nuages sombres là-bas, à l'entrée de Zouara. Des contrariétés plus importantes m'empêchent de jauger leurs intentions. Un zef se balade en touriste dans les palmiers, pas bien méchant. Une brise légère comme dirait l'autre. Je m'en tiens à ça. Pour l'heure je dois d'abord récupérer le fric qu'Andarg a récolté, puis déléguer la traversée pragmatiquement. L'Érythréen me paraît assez débrouillard pour gérer le trajet. Le hic c'est avant, puisque ce soir les traîtres vont débarquer la gueule enfarinée dans mon palais en toc. Mes petits sujets du Royaume du Pognon tout-puissant préparent leur révolution. Exit Seyoum Ephrem. Vont-ils d'abord lyncher Banda le ministre de pacotille pour donner l'exemple ?

Andarg, d'un mouvement de menton, s'étonne de ne pas me voir sortir de ma caisse. Avant qu'il n'appelle je descends, laissant sur le siège avant mes inquiétudes.

— Va me chercher l'Érythréen, qu'on s'organise.

— C'est lui le pigeon ?

— Oui. Ça te pose un problème ?

— Je suis pas sûr que tu devrais le laisser traverser. Je le sens pas. Faudrait pas qu'il crée une mutinerie.

— Je ne te demande pas ton avis. Va le chercher je te dis. Après il faudra que tu achètes à bouffer et à boire pour le meeting ce soir chez moi. T'appelleras aussi Salma la maquerelle pour qu'elle nous envoie quatre ou cinq gonzesses.

Andarg me regarde et acquiesce, mais sa tronche dit que je fais une erreur. Et elle a raison.

Je suis étonné de m'en vouloir de le décevoir. Une bouffée de manque me fait vaciller. Je passe la main sur ma barbe. J'en arrache deux ou trois poils pour me remettre les idées en place. Pour me rappeler que je suis encore le maître de ce caillou sableux de quelques bornes de long.

L'Érythréen a pris le parti d'afficher un air bravache malgré sa lèvre boursouflée. Il a dû parler à sa nana entre-temps.

Je masque ma frustration, et lui fais signe de s'asseoir sur le tronc d'un palmier vaincu par la dernière tempête. On se fait face, son buste dépasse le mien, je regrette mon impulsion. Je sors la dernière clope de mon paquet et la fume en silence pour le déstabiliser. Cet enfoiré me toise de son hostilité. Il a visiblement retrouvé sa colonne vertébrale. Je balance mon mégot sur son pied. Il ne bouge pas. Les réflexions d'Andarg à son sujet crient dans mes tympans.

— Alors t'as réfléchi depuis tout à l'heure ? T'as parlé à tes petits copains de l'entrepôt ?

— Moi non, mais ma femme oui. Et elle dit que chez d'autres passeurs c'est gratuit pour les enfants, alors pourquoi tu fais ça ?

— Attends, t'es en train de me faire une étude de marché là ?

Je me marre pour gagner du temps et mesurer l'étendue de son bluff.

— C'est juste la vérité. Et je ne sais pas comment toi tu en es arrivé là, mais je me dis qu'on est érythréens toi et moi, donc on pourrait au moins avoir une discussion un peu fraternelle non ?

Mon barrage de frustration se fissure à nouveau et ne demande qu'à déverser ses grandes eaux. Je le colmate mentalement avec une bonne couche de sadisme. Il ne sait pas qu'il a mal joué et que je vais l'anéantir.

— C'est quoi ton délire ? « Érythréen, Érythréen », tu brandis ça comme un étendard, mais que tu agites au nom de quoi ? Fraternité tu dis ? Mais si ça se trouve c'est ton père qui a violé ma mère, c'est le mien qui a égorgé ta sœur, c'est toi ou ta femme qui a dénoncé mes amis, mes cousins ! Tu prononces encore une fois ce mot et je t'arrache la langue avec mes propres dents.

Je crache encore ma haine entre ses jambes sur le sable assoiffé. Par réflexe il hausse le cou pour paraître plus grand. Il l'est de toute façon. Je m'en contrefous, ma cruauté le dépasse lui et le ciel crasseux qui nous écoute, indifférent.

— En fait tu sais quoi, à bien y réfléchir, au nom de ta pseudo-fraternité je vais te proposer un marché et te laisser trente secondes pour en disposer ou pas.

Sa balafre me toise comme si elle en avait vu d'autres. Mais il n'a certainement pas anticipé ce qui va suivre.

— On parle de quoi là ?

— On parle de te laisser traverser avec ta femme et ton mioche.

Sa gueule m'a dérangé d'emblée et je réalise pourquoi en le regardant de plus près. Ce n'est pas tant sa cicatrice qu'un détail : il n'a pas de sourcils. Carbonisés les sourcils, grillés, brûlés. Au chalumeau, à la clope. Où ça ? Dans une prison d'Asmara ou par les Touaregs quelque part dans le Sahara ?

— Ok. Et alors ?

— Alors tu vas tenir entre tes mains leurs vies et celles de cent douze passagers. Oui, tu m'as bien entendu. S'ils crèvent tu seras le seul responsable, le seul à blâmer et le seul à chialer jusqu'à la fin de ta misérable existence. Je te souhaite donc de crever avec eux.

Je lui pose la main sur l'épaule.

— Ce que je suis en train de te dire c'est que je te nomme capitaine en chef de mon bateau. Félicitations mon ami. Tu vas gouverner le rafiot de Zouara jusqu'à Lampedusa tout seul comme un grand.

Sa stupeur le projette sur ses guiboles qui tremblent. Je me lève aussi en faisant une courbette de circonstance pour appuyer l'importance de sa position.

— Tu devrais me remercier, tu sais. Ça n'est pas si difficile en fait. En plus on va être sympa avec toi. On va te filer un GPS et te mettre dans la direction de l'eldorado, et après mon vieux c'est quelques bonnes vagues, un peu de flotte à avaler au passage , huit ou neuf heures de navigation et finalement c'est à peu près tout droit. Quand tu y penses tu ne paies pas cher le billet de ton gosse.

Au moment où je finis mon petit laïus le ciel se marre dans un éclat de tonnerre. L'Érythréen lève la tête et regarde les nuages qui se sont installés tranquillement au-dessus de nous, lourds, menaçants, histoire de rappeler qui sera le maître à bord. Le con n'est pas si con pour ne pas mesurer l'enjeu de sa situation.

— Attends, je comprends pas. Je croyais qu'un des passeurs dirigeait la traversée. Quand on est partis d'Asmara c'est ce qu'on nous a expliqué. Là tu me parles d'une opération suicide. Je ne suis jamais monté sur un bateau. Et en plus j'aurai ma femme et mon gosse à protéger. Tu te fous de ma gueule c'est ça ?

Un trait de feu nous aveugle en plein jour et me rappelle vaguement une scène de déjà-vu, alors que j'étais bien plus jeune que cet abruti. L'empathie qui traverse mon cerveau disparaît aussi vite que l'éclair qui vient de zébrer le ciel.

— Je sais pas si t'es au courant mais il te reste exactement vingt secondes pour te décider. Tu crois que mon business tiendrait encore la route si je laissais un de mes mecs faire la traversée en entier ? Tu penses que j'en aurais encore qui bossent pour moi ? C'est la loterie mon vieux. Et seuls ceux qui n'ont pas de pognon pour payer leur traversée ont le droit d'y jouer. Alors soit tu acceptes ton billet de capitaine pour ton pseudo-paradis maintenant, soit t'es coincé du mauvais côté du monde pour toujours.

Ses yeux dans son visage sans sourcils cherchent en moi un semblant de négociation. Pour le décourager je décompte à haute voix les secondes qui lui restent.

— Vingt, dix-neuf, dix-huit, dix-sept...

— Attends, attends s'il te plaît. Si je te dis oui, est-ce que tu peux me garantir que quelqu'un prendra soin de ma femme et de mon gosse sur le bateau ? Un peu d'eau, de nourriture ?

J'explose de rire. Ce déballage sentimental me fait gerber autant qu'il appelle mon manque de gin et de khat.

— Mais mon poulet, c'est que tu les aimes tes petits chéris. Eh bien, tu sais quoi faisons une petite réunion de famille que je comprenne. Oui, allez on va les faire venir là, tout de suite, et on va tchatcher tous ensemble au nom de l'Érythrée notre chère patrie.

Il fait un geste de protestation, non, non laisse tomber, mais déjà je siffle Andarg qui se tient, fidèle au poste, devant l'entrée de l'entrepôt. Il s'approche et passe la main plusieurs fois sur son crâne rasé tout en ne lâchant pas de l'œil l'Érythréen.

— Oui Seyoum ?

— Va me chercher la femme de notre ami et son gosse, je veux faire connaissance.

Il ouvre sa bouche qui a envie de me dire « À quoi ça sert ? » mais il la ferme et se casse avec son grand corps soumis. L'Érythréen doit se demander comment tout ça va se terminer. Andarg ressort du hangar au bout de deux minutes avec la femme et son bébé que je devine planqué dans sa tunique en lambeaux. Andarg la pousse vers nous sans conviction. Elle avance la tête baissée, mais avec dignité. J'entrevois à peine son visage décharné, au nez droit et aux lèvres bouffées par l'amertume. Elle a sans doute été belle avant d'être carbonisée par la vie. Le poids de son bébé et de leur situation laborieuse voûte ses épaules altières. Sa robe, verte à l'origine, pend le long de ses os rachitiques. Je suis malgré moi intimidé par son allure. Pour cacher ma gêne je me moque :

— Ça ne sert à rien de te planquer derrière ta touffe de cheveux. Ni de cacher ton bébé. Alors fais voir à quoi ressemble ce petit paquet de chialeries et de vomis ?

Elle tend son enfant comme une offrande, laissant apparaître ses paumes crasseuses. Le bébé endormi dans la confiance maternelle ne bronche pas. Je ne vois que deux minuscules poings serrés dépassant du linge qui l'emmaillote. Ce linge est bizarrement propre, comme si sa mère s'accrochait à tout prix à cette fierté dérisoire. Elle ne dit toujours pas un mot. Son silence crache son mépris. Je la sens revendicatrice comme son mec. Je la pressens difficile à mater, plus que lui sans doute.

— Dis-moi, tu t'es fait bouffer la langue par les hyènes ? Regarde-moi quand je te parle. Et dis-moi comment tu t'appelles. Tu as intérêt à être docile si tu veux que je vous laisse traverser avec votre avorton pas prévu au programme.

Elle s'approche d'un pas, le visage penché sur son

bébé qu'elle brandit en avant de son corps. Elle est vraiment grande elle aussi, sa taille me castre un peu. Je ne montre rien et balance une autre giclée de salive sur le sable jamais rassasié. Le regard protecteur de son mari devant lequel elle passe l'enhardit. Elle lève brusquement la tête en rejetant en arrière la masse de ses cheveux et montre ainsi son visage hiératique. Ses yeux dans leurs orbites spectrales me crucifient avec des clous de haine. Mon cœur s'atrophie dans le creux de ses mains sales tandis qu'elle dit :

— Je m'appelle Madiha.

CHAPITRE DIX

Camp de Sawa, Érythrée, 9 avril 2003

À travers la vitre du bus, le mur de la nuit dissimule l'horreur. On s'y attendait pourtant. Depuis les rafles d'il y a deux ans, le malheur, prédit par grand-père, est revenu. Et s'invite partout, sauf chez quelques planqués. À partir de dix-huit ans on n'échappe pas au service militaire dans le camp de Sawa.

Je me retourne et cherche Madiha. Ils l'ont assise de force au fond. Je sais que quelqu'un du lycée a mouchardé, et dit aux autorités de Sawa qu'on sortait ensemble. Mon cousin, un ancien du camp, m'a prévenu. Dans leur stratégie d'endoctrinement, ils séparent les gens qui se connaissent. Et ça dénonce à tout-va, histoire de gagner des points. Je pense à l'éventualité de ne la voir qu'à peine pendant les dix-huit mois qu'on va passer sur le camp. Mon impuissance me torture. J'attendais que les soldats viennent un jour cogner à la porte de chez nous pour m'enrôler mais je ne m'étais pas préparé à cette nouvelle séparation. Mon cœur se serre un peu plus en pensant à papa. Où est-il aujourd'hui ? Dans quelle prison ? Dans quelle partie du pays ? Sait-il ce qui s'est passé depuis son arrestation ? Quand le reverrai-je ?

Le bruit du moteur joue sa rengaine et avale les kilomètres dans la terreur de l'arrivée. Le camp est au nord, sur les basses terres de Gash Barka, à deux pas du Soudan. En plein désert. Rien autour, que du sable et des cailloux, m'a dit mon cousin. Le manque de sommeil abreuve ma tête d'images absurdes, et je n'attends qu'une chose, un peu de répit. À ce stade je ne pense qu'à ça, en boucle. Comme un refrain incessant, dormir, oublier, dormir, dormir, oublier, laissez-moi dormir, et oublier pendant quelques heures ma vie. Le sommeil arrive par surprise, ami inattendu.

Je me réveille en hurlant. Un liquide visqueux coule sur mon visage. Je passe les doigts sur mon crâne là où j'ai mal. Le soldat qui m'a frappé crie un truc que je ne comprends pas. Devant ma tête ahurie, le mec fait mine de me refrapper. Je mets mes bras devant moi, et prie pour qu'il n'en fasse rien.

— Qu'est-ce que t'as pas compris dans « Terminus, tout le monde descend » ?

Je n'avais pas réalisé que le bus était à l'arrêt. Vite je me lève en répétant plusieurs fois « Pardon monsieur, pardon monsieur, pardon ».

— Ta gueule ! éructe-t-il en me poussant vers la sortie du bus.

Les soldats ont réparti la soixantaine de recrues en rangs. Elles se tiennent debout les mains sur la tête. Je cherche Madiha mais ne la vois pas. Un des soldats s'avance vers moi et me balaie avec sa lampe torche :

— Mets-toi là mauviette !

Il me désigne le rang du milieu et je m'exécute. Celui qui semble être le chef se poste devant nous les bras croisés.

— Bienvenue à Sawa les guignols ! On va bien se marrer pendant les prochains mois ! D'ailleurs on va commencer tout de suite. Je vous propose un petit jeu, qui consiste à ne pas bouger d'un poil pendant les trois prochaines heures. Le premier qui bouge fera tabasser le reste de la troupe. C'est une lourde responsabilité, et pas le meilleur moyen de vous faire des potes. Alors si vous devez vous gratter le nez, c'est maintenant car je donne le top départ dans exactement quarante secondes.

On se regarde tous. Est-ce que ce type est sérieux ? Un garçon derrière moi finit par se marrer. Il croit visiblement que c'est une blague. Deux soldats sortis de nulle part se jettent sur lui et le sortent du rang sans un mot. Ils le jettent par terre et se mettent à le frapper avec leurs crosses de Kalachnikov. Le garçon supplie, pleure. Les mecs continuent à cogner. Mes yeux voient mais mon cerveau ne percute pas. Je suis englué comme les autres dans la terreur. Le chef regarde la scène en sifflotant. Il finit par lever le bras, il en a eu assez . Les deux soldats remettent le mec debout. Il est en sang, et peut à peine tenir sur ses jambes.

— Remets-toi à ta place dans ton rang les mains derrière la tête. Des mecs comme toi j'en ai maté des centaines, et ils quittent rarement le camp en bonne santé. T'as pigé petit rigolo ?

Le garçon essaie de dire un truc mais ses lèvres explosées restent scotchées par son sang. Il hoche la tête. Un doigt supplémentaire posé sur lui, il s'écroulerait. Je ne sais pas son nom. Ni son âge. Comment va-t-il pouvoir rester immobile pendant trois heures ? C'est sûr, on va tous se faire tabasser. Je pense à Madiha. Je ne pourrais pas supporter qu'on la touche. Je ferme les yeux, pense alors à mes parents, à grand-père, à mes sœurs. Je les implore de me donner le courage d'être à la hauteur. Le chef, dans la noirceur jouissive de la nuit, lance le chrono.

Quatre soldats encadrent les rangs. Le chef se dirige vers un long baraquement mal éclairé. Il revient peu après, une chaise pliante sous le bras. L'un de ses larbins passe devant chacun de nous. Quand il arrive à ma hauteur et plante son regard dans le mien, j'y lis sa folie. Je sens son haleine empestée d'alcool et de tabac. Il me fait peur. À Asmara, des bruits couraient à propos de violences inouïes et de viols commis à Sawa. Beaucoup de filles faisaient tout pour se marier avant dix-huit ans, seule garantie de ne pas y être envoyées. Et Madiha qui est si belle comment va-t-elle pouvoir échapper à ces monstres ? Je n'ose pas tourner la tête pour la chercher encore. La douleur dans mon crâne est lancinante. Le sang séché sur ma joue me démange. Mes épaules me font mal. Je pense au pauvre mec derrière moi qui doit souffrir comme un fou. Il tient bon pour l'instant. Il ne bronche pas. Depuis combien de temps sommes-nous plantés les mains sur la tête ? Une heure ? Deux peut-être ? Le chef s'est endormi sur sa chaise pliante, les bras ballants le long de son corps. Il ronfle la bouche ouverte. L'absurdité du moment me donne presque envie de rire. De désespoir.

CHAPITRE ONZE

Zouara, Libye, 16 octobre 2015

Je me suis enfermé dans ma cabane et dans ma tête. L'échange qui a suivi entre Madiha, son mec et moi reste un brouillard épais, et c'est mieux comme ça. Va-t-elle lui raconter ? Une seule image, claire, me revient en boucle, celle de mon cœur se décrochant de ma poitrine, et de ma bouche prononçant des choses basiques. « Ok, j'ai parlé à ton mec. Il t'expliquera comment ça se passe. Dégagez, j'ai des trucs à régler. Andarg, file du lait au mioche et de la bouillie de n'importe quoi. Je me casse, tu m'appelles quand les Soudanais et les Égyptiens se pointent chez moi. » Je ne me rappelle pas avoir regardé Madiha avant de tourner les talons ni avoir couru vers ma bagnole. Je ne me souviens pas d'avoir eu envie de chialer et d'avoir invoqué la décence pour m'en empêcher. Peut-être l'ai-je fait.

Je suis assis sur ma paillasse ou sur un brasier, quelle différence ? Une chauve-souris vampire est entrée dans ma tête, puis deux, puis vingt, et leur vol de pensées morbides se tape sur les parois de mon cerveau en sang. Un hurlement emplit l'espace de ma piaule. Je me lève happé par mon cri et attrape le peu qui tombe sous mes mains. Qui n'ont qu'un but : détruire, déchiqueter, réduire en bouillie mes biens dérisoires, à défaut de ne pouvoir m'arracher les cheveux, les yeux, la langue. Madiha. MADIHA. Ou plutôt son fantôme, la pâle copie d'un passé irradié, trahi. Seul l'éclat vert de ses yeux a survécu au naufrage de son corps. Mais cet éclat a la dureté d'une émeraude. Et plus je fracasse ce qui se trouve à ma portée, la chaise, la table, le miroir, la théière, à coups de poing, de pied, et moins je m'explique la haine dans ses yeux flétris.

Quand j'explose la malle, la bouteille de gin entamée la veille roule devant moi pour me sauver. Je la gerbe aussi vite que je la bois. Et elle roule à nouveau devant moi, vide, son contenu étalé à mes pieds, mélangé à ma bile et à ma souffrance. Un mot que j'avais banni de ma vie pour toujours. Je n'entends pas Ibrahim frapper à la porte, et entrer, inquiet, effaré devant l'état de la pièce et de son boss.

— Seyoum, les mecs t'attendent chez toi. Andarg essaie de t'appeler depuis deux heures.

Je le regarde, hagard.

— Mais de quoi tu parles ? On avait dit ce soir.

— Il est neuf heures Seyoum. T'avais dit sept heures et demie chez toi. Ils sont tous là-bas.

Le trou noir des dernières heures s'est consumé dans ma tête en une image unique, le visage méconnaissable de Madiha et de ses yeux obsédants. Ibrahim me ramène à une réalité inévitable :

— Où est ma caisse ?

— Là, devant ta cabane, mais j'ai peur qu'elle soit ensablée.

— Alors démerde-toi pour la désensabler et dis-moi quand ce sera fait.

Il sort, soulagé de pouvoir faire autre chose que de me regarder. Je prends la bouteille de gin, essaie d'en absorber les gouttes inexistantes, allez réveille-toi merde. Mais le môme de vingt ans résiste et ne veut pas disparaître dans la cuve des chiottes comme le gin. La bassine d'eau sous le miroir a été épargnée par ma furie, je la balance sur moi dans un râle d'animal minable. Je retrouve dans le bordel une chemise épargnée et l'enfile à l'envers. Qu'importe. Dehors les nuages crachotent aimablement. Ibrahim court au-devant de moi, les deux bras prêts à rassembler les membres épars de ma carcasse. S'il savait que c'est juste mon cœur qu'il faut chercher.

— Alors ma caisse, tu l'as désensablée ?

— Oui Seyoum. Viens, je t'emmène. J'ai ton khat aussi. T'en veux maintenant ?

— File-moi la botte et allons-y. Passe par l'entrepôt, je veux prendre mon flingue.

Son inquiétude est palpable mais il démarre sans un mot.

J'ouvre la fenêtre de mon côté et ma confusion s'envole dans la poussière qui jaillit des roues et les sacs en plastique qui jalonnent la route. Je mâche quelques feuilles de khat et les crache dehors au fur et à mesure. Ibrahim reste impassible mais ses mains crispées sur le volant racontent sa peur. Alors, entre deux crachats, j'éclate de rire et sors complètement ma tête de la vitre ouverte pour me prendre la gifle de l'air. Il n'est pas dupe mais se marre lui aussi, et comme son rire sonne faux il met la musique à fond pour masquer le bruit de nos solitudes rassemblées. La mienne revêt sans doute un désespoir qui le dépasse. À l'embranchement au niveau de l'entrepôt il me dit pour le principe :

— T'es sûr Seyoum ? On est déjà vachement en retard.

— T'occupe.

En bon soldat il fonce sur la piste défoncée et monte encore le son. Chaque creux fait tressauter mes tripes. Dans la nuit les phares sont le seul GPS de mes actes immédiats tant ce qui va suivre est incertain. Je suis les faisceaux de lumière qui balaient la route. Fonce et on verra. La boule veille. Ibrahim pile devant l'entrepôt.

— Tu veux que j'y aille Seyoum ?

— Oui.

Resté seul dans l'encre du soir, je ne vois que les yeux phosphorescents de Madiha. La lune pâle me ramène Ibrahim et l'ombre du flingue sur son flanc qu'il porte gauchement, qu'il n'assume pas, qu'il redoute. Il ne me regarde pas en remontant dans la caisse et remet tout de suite la musique à fond. Ce n'est plus le bruit de nos solitudes qu'il couvre mais celui de sa désapprobation. Je l'ignore en chantant faux le refrain de ce chanteur américain que je n'aime pas. Quand il se gare devant ma baraque, la multitude de lampadaires, néons et fenêtres allumées aux alentours m'évoque des pellicules lumineuses posées sur les toits crasseux de mon quartier. Mes fenêtres toutes allumées au rez-de-chaussée me rappellent que vingt mecs sont en train de s'y bâfrer ou d'y baiser.

— File-moi le flingue.

Il me le tend comme un objet brûlant. Je l'enfile dans ma poche arrière, et sors, la respiration tendue d'Ibrahim dans mon cou. Il bute sur le trottoir et manque de me faire basculer avec lui. Deux chiens au bout de la rue s'étripent pour la viande d'un rat crevé. Je pousse la porte d'entrée que les connards n'ont pas pris la peine de refermer derrière eux.

Dans mon salon de luxe au rabais, les vingt caïds sont vautrés dans mes canapés kitsch. Les putes roucoulent sur leurs genoux et leur mordillent les oreilles en attendant mieux. Les bouteilles d'alcool se passent de main en main, et les rires gras se répercutent dans un bruit insupportable. Chacun joue son rôle à la perfection dans ce concours d'égos. J'observe leurs rictus prétentieux, leurs yeux vicieux, dangereux, si sûrs d'eux.

Banda, assis dans le coin d'un canapé, tient deux bouteilles de tequila dans chacune de ses mains comme deux armes fatales, mais on dirait plutôt des jouets en plastique. D'ailleurs personne ne lui parle, il trône sans couronne, sans courtisan. Seules ses bagouses et autres breloques le rassurent encore sur son statut. Il tripote une nana sur un de ses genoux informes. Les yeux de Banda courent partout dans la pièce sauf sur moi. Quand je rentre dans le salon, un bref silence gâche l'humeur festive. Il me rappelle les westerns spaghettis que je regardais tout gosse avec mon grand-père, qui avait connu la colonisation italienne. Je traverse la pièce avec lenteur, héros de canapés et de néons, évitant bouteilles vides et clopes qui jonchent le sol. Les mecs me jaugent et attendent quelque chose de moi. Une pute, ma préférée, se précipite vers moi, sûre d'elle, et m'attrape par la taille. Je l'envoie d'une baffe puissante valdinguer par terre. Puis je sors tranquillement mon flingue et sans un mot je bute Banda.

Je me laisse le temps de défier l'assistance, ahurie, bourrée, anéantie. Je mate les caïds un par un, le flingue encore greffé à ma main pendant que le sang de Banda se répand sur le carrelage. Quelques lambeaux de son cerveau forment une étoile sur les dalles blanches. Les mecs sont pétrifiés dans des postures improbables. Les putes se sont affaissées par terre, poupées de chiffon dont les bouches dessinent en chœur un OH fossilisé dans leur terreur. Une fois que je les ai tous bien regardés et que chacun a baissé les yeux, je repose mentalement sur ma tête la couronne du roi tout-puissant de ces abrutis, et je quitte la pièce soumise.

CHAPITRE DOUZE

Camp de Sawa, Érythrée, 13 septembre 2004

Cette nuit j'ai encore rêvé de Madiha. Toujours ce même cauchemar. Elle est un zombie qui court en treillis dans le désert brûlant. Elle porte sur son dos un sac trop lourd. Il contient les corps de nos disparus découpés et empilés. Une colonie de serpents et d'araignées la suit. Ils se bouffent entre eux pour être les premiers à la rattraper. Souvent les serpents gagnent. Elle sait qu'elle va tomber et se faire dévorer. Elle ne peut pas crier à l'aide, elle n'a pas de bouche. Et moi, je la vois de loin, impuissant, car je suis attaché à un poteau. Le chef est assis sur une chaise pliante devant moi. Il ronfle la bouche ouverte. Et je me réveille.

Ça va faire trois mois que je ne l'ai pas vue. La dernière fois que je l'ai entr'aperçue c'était au réfectoire. Je n'ai pas pu lui parler. Elle flottait dans son uniforme et dans son regard vide. Je ne connais personne de son bloc. Elle est dans le bloc 5 et moi dans le bloc 22. Ils sont chacun à une extrémité du camp, rassemblant des baraquements par dizaines, aux toits en tôle ondulée. La nuit on dort à peine à cause de la fournaise. Une sensation de pierre en feu qui cuit ton corps jusqu'au fond de son âme. Dans le dortoir, au-dessus de mon lit superposé, j'ai fait comme dans les prisons, j'ai tracé des traits avec un bâton.

J'entends le clairon qui annonce le lever du drapeau. Tout le dortoir se lève de façon mécanique. Les cent mecs, dans un ballet parfaitement coordonné, enfilent leur uniforme en silence. Le fute d'abord, la chemise, le ceinturon, et pour finir les pompes. Aujourd'hui comme tous les mercredis on a entraînement ; maniement des armes, marche en plein cagnard, humiliations diverses, la routine. Et en fin de journée, répétition pour la parade militaire. Depuis qu'il n'y a plus de presse libre on n'est pas trop sûrs de ce qui se passe mais les bruits convergent ; une fois que tu es passé par Sawa tu n'as plus d'avenir libre. Moi depuis l'arrestation de papa j'ai renoncé à être journaliste. Dans le meilleur des cas j'aimerais être prof d'histoire ou d'économie, et étudier à Mai Nefhi, la meilleure université du pays. De toute façon ce sera la loterie. Si ça se trouve je vais être directement enrôlé dans l'armée ou dans les grands chantiers agricoles.

Je me demande quand exactement ma peur s'est transformée en résignation. À quel moment précis j'ai arrêté de me sentir humain. Je ne suis pas tout à fait une bête. Je suis une mécanique bien programmée, qui obéit aux ordres, qui apprend docilement ce qu'on lui inculque. L'amour de la patrie, la haine de l'Éthiopie notre ennemi de toujours. L'importance de nous protéger en militarisant au maximum notre pays. On est là avant tout pour ça, des futurs soldats prêts à partir au front pour défendre la sainte patrie en cas de troisième guerre. Au bout de ces quelques mois j'ai intégré cette doctrine comme mon mantra quotidien. Je suis en train d'oublier qui je suis. Je ne suis plus qu'un numéro, un numéro du bloc 22.

— Rassemblement dans quinze minutes au drapeau ! Injonction pour une brebis galeuse, tout le monde participe !

Le soldat nous annonce cette information comme s'il parlait d'un jeu. Qu'est-ce qu'ils ont encore pu imaginer comme cruauté ? Qui ? Pourquoi ? Depuis tout ce temps j'ai réussi à y échapper. Ma soumission me dégoûte à peine. Je ne sais même plus ce que veut dire le mot intégrité. Je me dirige vers le réfectoire pour avaler la ration quotidienne de lentilles et de riz. Tout le monde mange en silence sous l'œil des soldats. Un de mes camarades me pousse du coude.

— C'est qui à ton avis ? T'as entendu parler d'un truc ?

— Je sais pas. Mange. On s'en fout non ?

Un soldat qui nous voit de loin discuter éructe un « Vos gueules ! ». Mon copain et moi plongeons dans notre bouffe infâme et le quart d'heure passe. Le clairon sonne à nouveau. On se lève tous au garde-à-vous. Le chef apparaît et nous précède à l'extérieur. Une brume de chaleur aplatit les collines environnantes, et blanchit tout sur son passage, baraquements, arbustes, sable. Les cailloux transpirent. Le serpent de ma propre sueur glisse le long de mon dos jusqu'entre mes fesses.

Beaucoup de recrues sont déjà rassemblées autour du drapeau. Je ne peux pas voir le poteau, je n'aperçois que le drapeau à son sommet, notre emblème de fierté.

On se met en colonne derrière les autres. J'entends un vague gémissement venant des premiers rangs. J'essaie de me hausser au-dessus des autres devant moi. Deux ou trois coups de sifflet convoquent le silence, que perturbe soudain un bruit de rangers. Le chef surgit devant moi.

— Mon petit mignon viens donc avec moi aux premières loges pour profiter du spectacle ! Tu vois rien d'ici !

Le chef m'attrape le bras et me pousse devant lui en chantonnant. Madiha nue et enduite d'une substance gluante est attachée au poteau. Je lâche un cri. Le chef ricane.

— Figure-toi que ta copine a été très vilaine ! Elle a pas voulu coucher avec son chef de bloc et elle l'a mordu là où ça fait très mal. Ce manque de coopération mérite une punition tu crois pas ? Alors on va en expérimenter une justement, qui nous vient tout droit de Corée du Nord, et qui est assez marrante : tu prends des fourmis rouges, tu prends du miel, tu mets tout ça sur un corps couvert de sueur et tu vois ce qui se passe.

Un flot de vomi sort de ma bouche au moment où le soldat arrive avec le bocal rempli de fourmis. Je m'évanouis sans avoir croisé le regard de Madiha.

CHAPITRE TREIZE

Zouara, Libye, 16 octobre 2015

J'ai mis mon portable en mode silence mais je vois flasher les dizaines d'appels sur le siège passager. Mon regard est obnubilé par l'écran passant du noir aux fulgurances lumineuses à une fréquence insupportable. Je finis par le retourner. Mais ça ne suffit pas à contenter la boule. Une impulsion soudaine me fait stopper sur le bord de la route. J'ouvre la fenêtre et jette de toutes mes forces mon téléphone qui explose en mille morceaux sur le bitume. Puis je redémarre ma caisse et roule en suivant les deux phares du camion devant moi jusqu'à ma station-service habituelle d'OilLibya. Dans la salle glauque trois pauvres types errent entre les rayons. Il me reste un peu de cash. Malek, le patron, me voit de loin et sans un mot part dans l'arrière-boutique. Je l'attends à la caisse en faisant semblant d'hésiter entre deux paquets de chewing-gums. Menthe bleue ou verte. Il revient avec un petit jerrican rouge, officiellement de l'essence en cas de panne dans le désert.

— Non, mettez-moi un bidon de trois litres cette fois-ci, je pars pour un long voyage.

Il repart dans l'arrière-boutique, la bouche méprisante, qu'il a raison de garder fermée. Quand il revient je paie aussi pour un paquet de clopes.

Ma bagnole me ramène au cabanon. Je chope le khat, le jerrican de gin, et mis à part la vague appréhension qu'Andarg débarque, rien ne m'empêche de continuer à me défoncer en paix. Dans ma piaule à l'envers, comme j'ai tout détruit, je m'assois par terre. Je reprends mon rituel là où je l'ai laissé. Brouter, boire, brouter, boire, pour que les quelques neurones qui me rattachent au présent s'évaporent dans la nuit et ne me laissent qu'avec ma démence. Ma lucidité résistante attend les phares de la bagnole d'Andarg. L'alcool empathique me laisse enfin m'échapper du monde réel pour retrouver ma solitude. Mes godasses jouent à l'équilibre sur le bord du puits. Pourquoi ne pas m'y noyer pour de bon ? Aide-toi encore de ce gin frelaté, du suc du khat, des limites que ton corps a franchies et ne peut plus supporter. Au fond miroite mon reflet immonde qui me sourit de tous ses chicots. Une voix lointaine qui chante une comptine oubliée m'appelle. Elle sort d'une bouche familière dans un visage aux yeux vides. Je suis prêt pour le grand saut. Je plonge dedans les bras en croix, jambes droites, la cruauté intacte, le regret absent. La folie applaudit et la boule me délivre enfin. Au bout d'un temps aussi long que l'éternité, je bois l'ultime gorgée du jerrican. Je l'espère fatale, tout comme j'espère cracher ma dernière giclée de khat, vomir ma dernière pensée, le dernier relent d'une non-vie. Mais au moment où la Fin me reçoit dans ses bras, deux yeux verts phosphorescents me rattrapent et me disent : « Qu'est-ce que tu fous ? »

Je ne me réveille pas sur le sein d'un Diable bienveillant dans son enfer paradisiaque, mais sous la gueule d'Andarg, penchée sur moi. Ibrahim, au-dessus de lui, comme un chapeau posé sur le haut de son crâne, me regarde aussi. Qu'est-ce que je peux dire aux quatre yeux qui attendent de moi des réponses que je n'ai pas ? Je rote pour gagner du temps. Ils se prennent dans la tronche l'haleine de mon overdose ratée.

— Je peux me réveiller tranquille deux secondes ? Ibrahim, mon thé fissa. Andarg attends-moi sur la plage, près du bateau. Je ne veux pas entendre un mot avant que je ne sorte de ma cabane.

Les deux, sentant leur inutilité immédiate, se cassent frustrés. Le plafond tangue, les murs voguent sur des relents de gin. J'observe le bordel de ma piaule, pareil à celui de mes pensées. Je referme les paupières. L'obscurité retrouvée fait un peu de ménage dans mon crâne. Elle atténue momentanément l'appréhension de la journée à venir. Elle suggère de me rendormir. Ce que je m'apprête à faire, reconnaissant, jusqu'à ce que dans un demi-sommeil une évidence plus impérieuse que ma fatigue force la porte de mon chaos et me parle.

Dehors, ma tronche est grise comme le ciel enfin prêt à déverser sa fureur à gros bouillons, à rappeler qui règne vraiment sur cette côte. Le vent fait déjà du boucan dans les vagues. Le soleil tremblote à l'horizon au gré de la houle. Place à la furie de la mer, à son alliance avec les tempêtes. Je finis par regarder ma montre. Onze heures et demie du matin. Ah si les Érythréens étaient arrivés un jour plus tôt ! Et si dans ce convoi il n'y avait pas eu Madiha et son gosse, ces deux épines qui me labourent le dos ! Mais je suis prêt et déterminé. Mon clebs fidèle, aux aguets devant la porte, m'attend, le thermos de thé à la main. Je bois une longue goulée brûlante avant de lui adresser la parole.

— Où est passé Andarg ?

— Il est un peu plus loin, près du bateau comme tu lui as ordonné, mais il est pas content. Il dit que la tempête se lève trop tôt. Il se demande s'il faut vraiment partir aujourd'hui ?

Je sors une clope. Le briquet ne s'allume pas. Ibrahim se précipite en paravent. Alors que j'exhale la première bouffée, la mer m'envoie un goût de sel que j'avale avec écœurement. Je vois mentalement la centaine de passagers se pissant dessus de terreur, roulant en vrac dans la coque du bateau, partageant leurs vomissements et leurs défécations dans le meilleur des cas. Je les vois surtout dérivant à la surface des flots, leurs estomacs gonflés de flotte, la reine mer les rejetant sur les rivages qui lui chantent.

— Andarg a bien récupéré tout le pognon ?

— Oui Seyoum, à part celui de…

— Je sais. C'est avec lui que j'ai fait le deal pour la traversée. Les autres ont peut-être du bol pour une fois. Si ça se trouve avec lui ils vont s'en sortir.

Je ricane en simulant mon indifférence. Ibrahim enchaîne :

— Andarg veut savoir à quelle heure tu veux lancer le départ. Il a entendu aussi que les Soudanais ont envoyé leur cargaison la nuit dernière après... heu... ce qui s'est passé. C'est ce qu'il voulait te dire tout à l'heure.

Il ajoute craintivement :

— C'est juste pour info.

— Va lui parler. Dis-lui de m'apporter le pognon. Je veux lui parler seul à seul.

— Mais je crois qu'il l'a déjà mis en sûreté dans le coffre de ta villa, comme d'habitude...

— Eh bien on va changer les habitudes. Depuis quand tu discutes mes ordres ? Grouille-toi. Regarde la mer, on a pas de temps à perdre.

Il ne réagit pas. Je ne supporte pas son air de me dire tout va bien se passer, tu verras je suis là. Il veut me sauver, me faire croire encore que je ne suis pas définitivement voué aux bas-fonds de l'enfer... Il reste debout face à moi avec ses yeux mouillés d'empathie.

— T'es sourd ou quoi ? Tire-toi !

Andarg débarque trente minutes plus tard. Il me tend la liasse de biftons sans plus chercher de logique à mes sautes de décision. Il mastique son chewing-gum dans l'attente d'une nouvelle lubie de ma part. Je lui propose de s'installer sous un des palmiers derrière le cabanon. Il s'adosse au tronc rêche sans broncher. Je m'assois à côté de lui, épaule contre épaule. Je lui tends une clope et m'en prends une. On fume en silence en guise d'introduction à la discussion. Puis j'enfonce mon mégot dans le sable, histoire de clore ce petit moment fraternel. En face de nous, les palmes du dattier s'aplatissent sous une violente bourrasque, se redressent dans le ciel, puis s'aplatissent à nouveau. Elles m'évoquent de grands bras envoyant des signaux de détresse.

— Je me casse Andarg.

Je continue à observer les SOS des palmes en lui lâchant cette info. Un tressaillement de son épaule contre la mienne m'envoie la décharge de sa panique.

— Tu veux dire pour de bon ?

Sa voix tremble sans doute, mais une rafale balaie ce détail. Andarg reste lui aussi concentré sur la bataille du palmier contre les éléments. Il évite mon regard.

— Oui pour de bon.

Une pause s'installe aussi longue qu'une digestion difficile. Il ne s'attendait pas à ce genre d'information. Je lui laisse le temps d'encaisser.

— Comment tu comptes faire ? Et tu pars où ? Tu t'es organisé ?

— J'ai deux ou trois trucs à régler, mais dans l'ensemble oui.

Je m'écarte un peu pour lui faire face. Il s'obstine à se focaliser sur la ténacité des branches qui plient mais ne cassent pas. Je pose une main sur son bras. Il se retourne vers moi sans cacher son mécontentement.

— Depuis quand tu as pris cette décision ?

J'élude la question d'un geste vague.

— Ça n'a pas d'importance. Ce qui est important c'est d'avoir remis les choses en ordre hier soir, et que je refile le business à quelqu'un en qui j'ai confiance.

Il ne relève pas, attendant certainement la confirmation de la nouvelle.

— Oui Andarg, c'est toi qui vas prendre la suite. Je te passe les rênes, définitivement. Je vais même te filer ma baraque dans le package. Je ne remettrai jamais les pieds dans ce bled pourri.

— Depuis que je te connais, c'est toi le boss. Tu comprends toutes les règles. Tout le monde te respecte, fait ce que tu dis. Pourquoi partir maintenant ? T'as monté un autre business ailleurs, plus gros ?

J'éclate de rire pour rebondir sur l'absurdité de sa dernière réflexion. Il ne se démonte pas.

— Allez vas-y Seyoum, dis-moi, je te promets j'en parlerai à personne. T'as trouvé un meilleur spot c'est ça ? Je comprendrais tu sais. Ici ça devient la jungle, on peut plus faire du business dans les règ…

— Ta gueule Andarg. Ta gueule. T'as rien compris.

— J'ai pas compris quoi ?

Je prends une grande inspiration :

— C'est moi qui vais diriger la traversée.

CHAPITRE QUATORZE

Asmara, Érythrée, 9 juin 2005

Le jour de la fuite est enfin arrivé. Quitte à mourir, autant que ce soit dans l'ultime tentative de trouver la liberté avec Madiha. La seule raison qui m'aide à tenir. Depuis la fin du service militaire à Sawa, il y a six mois, on m'a affecté d'office dans cette caserne militaire en banlieue d'Asmara. J'ai dû abandonner mes rêves d'université. À vingt ans. La résilience finit par capituler sous le poids des chagrins. Je n'ai pas entendu parler de papa depuis son arrestation il y a deux ans. Maman et mes sœurs ont disparu depuis treize mois. Je les espère dans ce camp de réfugiés en Éthiopie. Les jours plus sombres, j'imagine leurs corps desséchés livrés aux chacals du désert de Danakil, ou bien enterrés à la va-vite dans une fosse près d'épineux poussiéreux. J'ai entendu hier d'une bouche indifférente la mort de grand-père, il y a trois ou quatre mois. La bouche ne savait plus très bien. Je ne réagis même plus aux humiliations. Je ne me lave plus, même les jours où c'est permis. Les poux et autres racailles d'insectes habitent mon corps, garde-manger merveilleux. Qu'y trouvent-ils encore à bouffer ?

Madiha est rentrée à Asmara pour une courte permission. On l'a affectée dans un chantier agricole au nord du pays juste après la terrible scène avec les fourmis. On ne s'est pas vus depuis. Plus d'un an ! Hailé, le mari de sa cousine, m'a prévenu de son retour. C'est mon supérieur. Il est sergent. Le seul mec décent que je connaisse dans ce régiment où je croupis depuis une vie il me semble. J'ai économisé nakfa après nakfa sur mon salaire de soldat pour payer une partie de notre passage de la frontière.

Aujourd'hui, c'est soirée de relâche après cette longue suite de mois coincé dans la caserne. Hailé va m'accompagner. Sans lui rien n'aurait été possible : le passeur, le réseau, une partie de l'apport d'argent. Je lui dois tout.

L'appel du muezzin, à deux rues, donne le signal du départ. Je passe encore une fois en revue ce que j'emporte : l'argent, les barres de céréales périmées, la gourde, la fine couverture, et l'espérance. Tout est là. Hailé arrive, désinvolte, dans notre dortoir.

— Allez les gars, c'est votre perm ce soir ! On y va, c'est moi qui régale !

Dehors, l'air sent la liberté, mais je chasse cette pensée prématurée et me raccroche aux bottes d'Hailé devant moi. Nous longeons les murs de la mosquée. Ils me demandent : « Sais-tu bien ce que tu fais ? », je réponds : « Oui, oui je cours vers Madiha, elle m'attend dans ce coin de rue qu'on connaît par cœur, pour gagner la liberté ! »

Hailé s'arrête soudain, et pousse un juron :

— Merde, j'ai oublié mon portable à la caserne ! Accompagne-moi, Seyoum, les autres, rendez-vous au bar Jima. Montrez bien vos passes, on revient !

Je ne regarde pas les autres de peur de me trahir. Les mecs dégagent en rigolant, waow c'est la fête ce soir, et Hailé presse le pas, il faut faire vite. Je le suis dans les rues mortes, on n'y croise personne, à part quelques chats errants en quête de bouffe. Il m'entraîne à gauche, à droite, j'ai envie d'indiquer un chemin plus court, mais il va trop vite. J'ai peur tout d'un coup. Va-t-il me trahir, va-t-il m'envoyer au poteau d'exécution ? Ma foutue paranoïa me ronge.

— Plus vite Seyoum, t'as du plomb dans les mollets ou quoi ?

J'accélère le pas et l'accorde au sien. Juste avant un croisement de rues, il me pousse brutalement contre un mur. À quelques mètres, une patrouille marche à l'unisson vers la énième arrestation de la journée. Hailé me tire par le bras et reprend sa course sans un mot. Enfin j'aperçois le petit café à la périphérie de la Piccola Roma, le café de notre enfance, où Madiha et moi, gamins, allions acheter des bonbons dégueu. Hailé me fait signe de rester un peu en retrait, à l'abri d'une cabine téléphonique. Il gratte de ses doigts la grille de la devanture du café en jetant un coup d'œil aux alentours. Rien ne bouge à part mon affolement. Que faire ? Fuir ? Mais non, que dis-tu ? Madiha, où est-elle ? Cachée à l'intérieur ? À l'abri ou en danger ? Tout repose sur Hailé. Nos deux vies sont recroquevillées dans ses mains. Il me fait signe de le rejoindre. La grille couine un peu en s'ouvrant. Deux types que je ne connais pas nous font entrer en silence. Aucune trace de Madiha dans l'espace sombre aux tables empilées le long du minuscule comptoir. La grille se referme sur nous. Hailé anticipe ma question et chuchote « Elle n'est pas encore arrivée ». Le plus grand des mecs s'adresse à lui :

— Fais voir le fric.

Hailé sort de sa poche une enveloppe froissée. Il l'entrouvre et laisse dépasser quelques billets de cinquante dollars.

— Je te montre le tout quand la fille arrive.

Je ne sais pas par quel moyen Madiha doit arriver dans le café. En toute logique elle viendra de chez sa cousine, la femme d'Hailé, mais j'ignore avec qui. À cause des couvre-feux on lui a probablement demandé de s'habiller en soldat. Le silence et l'attente jouent avec mon cerveau qui imagine des tas de scénarios catastrophe. Soudain on entend un léger toc-toc sur la grille à l'extérieur. Un soldat entre, suivi d'une autre silhouette habillée en treillis. Madiha, tête baissée, s'engouffre dans la pénombre. Je me précipite vers elle pour la serrer dans mes bras. Elle me repousse si violemment que j'en perds presque l'équilibre.

— Calme ta joie connard.

La tête se lève, et cette tête a une barbe et des yeux de fouine.

— Mais qu'est-ce que…

— Je suppose que Seyoum, c'est toi ?

Le soldat plonge sa main dans sa veste de treillis, et en sort un morceau de papier bleu clair plié. Il me tend le papier et s'allume une cigarette. Je regarde Hailé. Il hausse les épaules en signe d'incompréhension. Je devine sur ses lèvres « Lis le mot ». Je réalise que je le tiens encore entre mes doigts sans l'avoir déplié. Tous les yeux sont braqués sur moi, ainsi qu'une lampe torche. Un mec finit par gueuler :

— Putain, mais tu vas l'ouvrir ce truc ?

Ma panique le fait tomber par terre. Le type pousse un juron, se baisse et le ramasse. Il l'ouvre avant même que je puisse protester. Et le déchiffre à haute voix :

Seyoum, tout est fini. J'ai changé d'avis… J'ai rencontré quelqu'un sur le camp agricole cette année. Je l'aime et il m'aime. On va se marier quand je rentrerai de ma permission. Pars sans moi et oublie-moi. Madiha

De toutes les possibilités de chagrin, je n'avais pas envisagé celle-là.

CHAPITRE QUINZE

Zouara, Libye, 17 octobre 2015

Senussi a halluciné. Je me marre en repensant à sa tronche. Dommage que le banquier n'ait pas fait un infarctus devant moi. Des adieux glorieux, en fanfare, avant mon départ. De savoir que ce sale petit cafard va se faire virer illico presto pour avoir perdu un des plus gros clients de sa boîte, déjà ça me satisfait. Il anticipait sûrement une embrouille depuis ma dernière visite, mais pas de cette nature. Son patron peut toujours essayer de m'appeler. Son appel se perdra sur le bitume, là où j'ai laissé mon portable explosé. Une bonne chose de faite. Je jette un œil à l'heure. Déjà seize heures trente. Ce rendez-vous ainsi que ma petite visite chez mon pote le Tunisien m'ont fait perdre un temps fou. Heureusement qu'Andarg gère la préparation de la traversée. Dans un peu plus d'une heure, à la nuit tombée, Zaher et Marwan mettront le bateau à l'eau et embarqueront la cargaison. Ça me laisse le temps de faire un dernier truc. Je sors un des deux portables d'Andarg, que j'ai réquisitionné. Je compose le numéro d'Ibrahim.

— C'est Seyoum. Retrouve-moi à la cabane dans une demi-heure.

— Heu ok. Mais je suis à l'entrepôt avec Andarg. On commence les préparatifs.

— Très bien. Il se passera de toi pendant une demi-heure.

Je raccroche et entre dans mon cabanon. J'ai besoin de le ranger avant de partir. Une manie de dernière minute, comme si cela pouvait contenir le bordel interne. Essayer de maîtriser la boule. Je redresse les bouteilles de gin vides et le jerrican. Je refais ma paillasse. Je remets le miroir cassé droit sur la cloison. Je vérifie pour la dixième fois le contenu de mon sac à dos, ma vie réduite à trois slips, deux t-shirts, un flingue, et une enveloppe de fric. Un souvenir passe, je le chasse.

Ibrahim frappe à la porte et entre en sueur. Un flash traverse mon cerveau. Quatre ans déjà. Je revois le gamin au corps famélique et aux grands yeux lui bouffant le visage. On aurait dit un vieillard emprisonné dans un corps d'enfant. Ou l'inverse. Ce jour où il s'était pointé à ma porte pour me proposer ses services, il avait déjà vécu toutes les horreurs du monde mais n'avait rien dit. C'est pour ça que je l'avais pris. J'avais compris sa dignité dans ses non-dits. Et je ne l'avais plus regardé pendant toutes ces années. Il traversait juste mon paysage. Il n'était qu'une fonction pratique et efficace. Mais il était là, tout le temps. Aujourd'hui je le regarde vraiment pour la deuxième fois. Il n'a pas changé, à part ses trois poils sur le menton qu'il ne rase pas. Ce maigre crédit de virilité me fait presque sourire. Ibrahim, dix-neuf ans, un cerveau, des émotions, du sang dans les veines, un homme. Mon regard intrusif le gêne, un peu comme celui que doivent lui jeter les petites gonzesses des bouges du port. Est-ce qu'il a déjà caressé les seins d'une femme ? J'ai envie de lui poser la question. Est-il amoureux ? Est-ce qu'elle le fait souffrir ? Comment s'appelle-t-elle ? Il finit par briser ce silence impudique.

— Tu voulais me dire quoi Seyoum ?

— Assieds-toi sur ma paillasse. Et écoute-moi bien.

Je suis sûr qu'à cet instant il préférerait jouer le mec invisible comme il l'a toujours fait. Il assoit une demi-fesse sur le bout de mon lit. Sa nervosité transpire.

— Tu vas bien m'écouter et surtout cette conversation ne doit pas traverser les murs de cette pièce. Tu m'entends ? Si tu parles t'es mort. Même Andarg ne doit rien savoir de ce que je vais te dire, RIEN, t'as compris ?

Ses yeux affolés courent partout où ils sont sûrs de ne pas croiser les miens. Je m'avance vers lui et m'assois aussi sur le lit. J'attrape son bras fermement pour le forcer à me regarder. Je maintiens la pression de ma main. Il bafouille un peu. Il défroisse son t-shirt déchiré.

— Oui, j'ai bien compris. Je t'écoute.

Je rejette en bloc le sentiment de fierté qui me vient en le voyant soucieux d'être à la hauteur, et l'élan d'affection qui me prend de court. Je tousse pour évacuer les deux. Je crois qu'il n'a rien vu.

— J'ai décidé de faire la traversée. C'est moi qui vais

diriger le bateau. C'est moi qui emmène la cargaison en Italie. Et si on arrive de l'autre côté je ne reviendrai pas.

J'anticipe sa surprise, et mets un doigt sur mes lèvres.

— Pour cette partie-là, Andarg est au courant. Je lui ai parlé ce matin. On s'est mis d'accord sur les détails pratiques. Tu n'as pas besoin de tout savoir au niveau business. En gros il va devenir le boss.

Je marque une pause pour lui donner le temps d'absorber. Son front buté me dit sa difficulté.

— Comme tu le sais je n'ai pas de famille. Et je m'en fous. Autant que l'arbre généalogique meure avec moi. De toute façon je n'aime personne. C'est un concept que j'ai oublié en quittant Asmara. Là non plus tu n'as pas besoin de détails.

Je n'attends pas de réponse à ce commentaire, et il ne m'en donne pas.

— Ma seule famille c'est le pognon. Dans ce monde y a que ça qui compte et qui te met à l'abri. Et du pognon j'en ai. Plein, même.

Je vois à son air incrédule qu'il retourne mille fois dans sa tête le motif de cette discussion ; qu'est-ce qu'il fout là, est-ce qu'il va finir par se prendre une baffe comme d'habitude ? Je le sens hésiter. Il aspire une grande bouffée de vide. Il me regarde tristement.

— Je comprends pas très bien ce que tu me dis. Mais moi je veux pas que tu partes. Et si tu pars avec le bateau tu vas mourir, c'est sûr. Et si tu meurs, c'est moi qui perds ma seule famille. C'est le seul truc que je comprends. Alors autant qu'on meure ensemble. Emmène-moi avec toi.

Un son inaudible monte de mes tripes. Soudain Ibrahim m'enserre dans ses bras. Je reçois son étreinte maladroitement. Je laisse mes bras ballants, puis je finis par l'étreindre aussi, le serrant si fort d'un seul coup que l'air me manque. Un deuxième gargouillement monte dans ma gorge. Depuis Madiha je n'ai plus jamais eu de contact physique. À part avec les putes du coin. Nous restons accrochés l'un à l'autre, et je reçois la chaleur humaine d'Ibrahim dans un silence meublé juste par le bruit du vent et des vagues dehors. Peut-être est-ce ce bruit qui me ramène à moi-même. Je repousse Ibrahim brutalement. Il ne semble pas surpris. Il attend la suite. Mais il n'a plus son air craintif. Il a pris sa décision. Il est prêt à mourir. Il n'attend que le signal du départ. D'ailleurs il fait mine de se lever, comme si tout était dit. Je lui fais signe de se rasseoir. Non, tout n'a pas été dit.

— On n'a pas beaucoup de temps. Je n'ai pas juste pris la décision de faire la traversée. J'en ai pris une autre. Et elle n'implique pas que tu viennes avec moi. La traversée, tu l'as déjà tentée. Et tu te rappelles comment ça s'est terminé. J'ai d'autres projets pour toi. Et je t'interdis de les questionner. Ok?

Ses yeux éberlués sortent presque de leurs orbites.

— Demain matin tu vas aller dans ma villa, tu vas ouvrir le coffre derrière mon lit. Tu te rappelles où il est?

Incapable de prononcer un mot, il acquiesce. J'en profite pour sortir le papier de mon fute et le lui fourrer dans sa main inerte, ainsi que la clé de la baraque.

— Sur ce papier il y a la combinaison du coffre, le

nom de mon banquier, Senussi, et l'adresse de la banque. Tu apprends par cœur et tu brûles ensuite. À l'intérieur du coffre tu trouveras une lettre avec des instructions te concernant. Ensuite tu vas directement à la Western Union et tu donneras la lettre au banquier. Il t'expliquera.

Ça va beaucoup trop vite pour Ibrahim. Trop de sentiments contradictoires le submergent. Je suis exténué. Pourquoi cette décision s'est-elle imposée ce matin dans les vapeurs d'un de mes rêves hallucinés ? Est-ce que j'ai reconnu en lui le gosse que j'étais ? Ce gosse que j'avais oublié. Méprisé. Fiotte broyée par sa faiblesse. À travers ses traits Ibrahim me supplie de lui donner une seconde chance. Et si ce gamin n'a pas perdu sa foi en la vie, pourquoi la lui enlever pour de bon ? J'étais mort à l'intérieur depuis des années, mais aujourd'hui, un truc bizarre, comme un moignon, repousse dans mon corps et vit.

— Ne pose pas de questions Ibrahim. Ne me fais pas changer d'avis. Et ne t'imagine surtout pas toucher le pactole. Je suis déjà trop con de filer un peu de blé à un bon à rien qui a peur de son ombre. Alors ferme-la ok ?

Je crache. La salive fait un rond sur le sable. À l'extérieur la tempête revendique ses droits et réclame ses victimes. Les murs grincent, prêts à capituler.

— Il y a juste une dernière chose. La plus importante. Un pacte entre toi et moi. Entre hommes. Si tu ne le respectes pas tu seras maudit pour toujours. Tu crois à l'enfer hein ? Le Diable, les flammes éternelles et tout le bordel ?

Pourquoi je lui sors cette connerie sur l'enfer ? Je veux que mes paroles s'enfoncent bien dans son crâne, que ma générosité absurde serve sa seconde chance jusqu'au bout. Face à son air perplexe j'insiste :

— Enfin tu crois surtout à ce que moi je dis, n'est-ce pas ?

Une moue bravache chasse sa perplexité.

— La seule chose que je crois, c'est que je veux rester avec toi. Je m'en fiche où. J'ai pas peur avec toi. Pour moi c'est ça le plus important. De pas avoir peur. Et puis je saurais pas quoi faire de ton argent. Depuis que j'ai atterri ici j'ai toujours créché avec les gars dans l'annexe du hangar. Ça me plaisait bien moi. Et aussi dormir derrière ta cabane, les nuits où ça caillait pas. La plage, c'est la plus belle piaule tu trouves pas ? Alors, est-ce que j'ai besoin d'autre chose ?

— Je ne peux pas t'emmener. Ce n'est pas discutable. Et malgré ce que tu dis, tu te rendras compte très vite que ce fric te sera utile. Je m'en fous de ce que tu en feras. Mais le pacte je ne m'en fous pas.

— C'est quoi ce pacte ?

Je sonde sa gueule juvénile. Sa gueule de chien fidèle. Je l'imprime dans mon crâne. C'est la dernière fois que je la regarde.

— Hein Seyoum, c'est quoi ce pacte ?

J'ignore sa question.

— Est-ce que t'as une nana ?

— Quoi ?

Je comprends sa surprise. Alors je répète.

— Est-ce que t'as une nana ?

— Heu ben oui, mais je la connais pas depuis très longtemps.

— Tu l'aimes ?

— Quoi ?

— Enfin Ibrahim t'es sourd ou quoi ? Est-ce que tu l'aimes ?

— Je crois oui. Mais je la vois pas souvent. Elle est serveuse au Safir, tu sais le bar…

Je l'interromps. Je me moque des détails.

— Oui je connais. Eh bien tu vas me promettre un truc. Sur la tête de ta copine tiens. Tu vas te barrer avec elle de ce trou et ne jamais y remettre les pieds. JAMAIS tu m'entends ?

Je réalise que je hurle. Je baisse d'un ton.

— Tu vas prendre ta copine sous le bras et aller en Tunisie. Je t'ai déjà trouvé un passeur pour traverser la frontière. C'est un pote à moi. Il va t'appeler. Après tu te rendras à Médenine. Il te filera aussi le nom d'un mec qui vit là-bas.

Un foutoir sans nom s'agite dans sa tête. Ses yeux me supplient de l'aider. Je le fais avec des explications pragmatiques.

— C'est à cent bornes de la frontière. Tu mettras un jour, ou deux si tu traînes, pour y arriver. Tu appelles ce mec qui est de là-bas. Je me suis arrangé avec mon pote tunisien, tu ne lui devras rien. Tu te barres demain. Pas après-demain, pas dans une semaine, demain, tu as compris ?

Le portable vibre dans ma poche. C'est Andarg.

— Écoute ça urge. On est en train d'embarquer. Y a déjà trois mecs qui se sont cassé la gueule du bateau, tout le monde dégueule, c'est le bordel. La mer continue à grossir. Faut y aller là.

— J'arrive.

Je raccroche et me lève. Ibrahim reste assis dans sa posture interloquée. Je lui secoue l'épaule plusieurs fois. Il me regarde toujours immobile. Je ne dis rien et attrape mon sac par terre. Je le pousse hors de la cabane. La tempête nous accueille avec voracité. Putain la taille des vagues. Je me prends un sac plastique qui se plaque sur ma bouche. Je l'arrache avec force et hurle à Ibrahim dans le vent :

— Bon ben salut. Et ne me déçois pas hein ?

Je lui tends une main qu'il ne saisit pas. Je lui fais une tape dans le dos. Ses lèvres restent collées de sidération. Je tourne les talons. Nos adieux sont vraiment merdiques. C'est mieux comme ça.

CHAPITRE SEIZE

Désert du Sahara, ville de Sebha, Libye, octobre 2005

J'ai perdu le compte des jours et des nuits. Je ne sais pas si ça fait juste une semaine ou un mois qu'on est emprisonnés. Depuis notre enlèvement dans le désert par les Somaliens, ils nous ont plongés dans une obscurité complète qui nous rend fous, aveugles, cafards grouillants dans des immondices. À la différence que les cafards n'ont jamais connu autre chose que leur condition misérable. Ils nous ont cloîtrés dans une pièce dont ils ont bouché tous les orifices. Et on croupit dans ce trou en attendant la folie libératrice.

Deux de nos ravisseurs nous balancent de temps en temps des gamelles infâmes pour nous maintenir en vie. Et une gourde d'eau croupie qu'on s'arrache comme des hyènes. C'est le seul moment où dans l'entrebâillement de la porte on aperçoit un trait de lumière. Comme un faisceau qui nous conduirait tout droit au paradis. Deux femmes sont mortes hier, ou il y a deux jours, qui peut le savoir, de dysenterie sans doute. J'espère qu'elles ont suivi le faisceau. Je les envie presque. Un mec devenu fou a hurlé pendant des heures, puis il s'est éteint tout seul. Il gémit quelquefois pour nous rappeler qu'il n'est pas encore mort. Oui, depuis combien de temps les Somaliens ont-ils attaqué notre convoi ? J'avais entendu parler à Asmara de ces trafiquants qui pouvaient attaquer dans le désert pour racketter les proches des victimes. Mais on croit toujours avoir atteint son quota de malheur, son quota de souffrances. On se dit Dieu va me donner du répit, des forces, du sursis. Puis on se demande à quel moment Dieu a enfilé les habits du Diable, et ses chaussures pour nous piétiner avec ?

Dans les premiers jours de notre arrivée à Sebha, un à un, ils nous ont fait sortir de l'étuve de notre prison pour nous torturer. Attaché le torse nu à une chaise, ils m'ont frappé avec une barre de fer couverte d'aspérités. Ils ont filmé la scène avec mon portable et ont envoyé mon dos déchiqueté à tous mes contacts. Qui pourrait leur répondre ? Qui espèrent-ils extorquer pour gagner une rançon ? J'ai dit mes parents ont disparu, mon grand-père est mort, ma fiancée va se marier avec un autre, je n'ai plus personne dans ma vie que moi-même. Puis je me suis mis à chialer. Pas de douleur. J'étais anesthésié au bout du dixième coup. J'ai chialé de ce chagrin profond coincé dans cette boule qui est devenue une partie de mon corps. Ils m'ont traité de couille molle et m'ont rejeté dans la prison. Je n'en suis pas ressorti depuis. Puis ils ont attrapé une femme et son mari, et ainsi de suite. Depuis qu'on y est tous passés, rien, rien que la moiteur puant les excréments et la pisse, et les complaintes de bêtes qui meurent petit à petit, qui ne se cachent plus pour chier, pour dégobiller, pour crier. Mon propre délire m'entraîne entre sommeil fiévreux toujours trop court et hallucinations brûlantes. Sans doute encore une semaine de passée.

CHAPITRE DIX-SEPT

Zouara, Libye, 17 octobre 2015

De loin je vois Zaher terminer le chargement de la cargaison. Il va faire la traversée avec moi. C'est lui qui l'a proposé. À son âge, on n'a plus peur de rien. Le bateau penche plus sur un côté, prêt à chavirer. Ses hurlements sont couverts par ceux de la tempête, plus efficaces. Je devine qu'il donne des instructions pour essayer d'équilibrer la cargaison. Les coups qu'il distribue pour se faire entendre sont improductifs. Le magma de formes entassées les unes sur les autres geint d'une seule voix épuisée, moquée par les rafales. Des bras et des jambes s'agitent dans le bordel, en quête d'espace et de respiration. Toujours les mêmes gestes inutiles entamant le processus habituel. L'asphyxie ne fait que commencer, et avec elle, une fois en mer, viendront la panique, les piétinements, les affrontements, la loi du plus fort, les premiers morts balancés par-dessus bord. À ce stade, la notion d'être humain aura aussi été balancée dans les tréfonds marins. Scénario maintes et maintes fois rejoué, même montée dramatique, même clap de fin. J'expire ma lassitude dans l'iode omniprésent. J'ai bien compris qu'on allait avoir droit à la formule maxitempête pour cette ultime traversée. J'ai ordonné à Andarg d'installer Madiha et sa famille à la proue. Endroit le mieux protégé du bateau s'il en est un.

Des algues noires se sont agglutinées par paquets sur le sable mouillé. On dirait les boyaux de la mer déversés sur la plage, visqueux, dégueulasses. Je me casse la gueule dedans, et me relève, imprégné d'une odeur de pourriture. Quelques algues restent collées à mes semelles. Tout colle en fait. Ibrahim, déjà, à mon infime part d'humanité. Et aussi le départ laborieux, Madiha et son môme, et cette sale angoisse engluée dans tous les pores de ma peau.

Le ciel est noir, présage d'ouragan. La nuit approche. Les nuages bas réduisent la hauteur du plafond. Le vent déchaîné se vautre toujours dans les dattiers. Une mouette plane dans mes parages. Son cri braillard me suit. Elle monte et descend, elle joue dans les rafales, mais reste à portée de mon oreille. Elle balance de son bec mauvais ses sarcasmes. Je lève mon poing dans sa direction. Son rire éraillé me nargue encore. Elle sait. Elle sait mon impuissance. La mort sans doute, entre deux bourrasques, lui a raconté. Au large, le bateau bancal me regarde et m'attend. Andarg, sur la plage, est assis sur le zodiac pourri qui lui a servi pour faire la navette jusqu'au bateau. Du matos chinois à deux balles, mais qui a tenu. Il a dû faire un paquet d'allers et retours. Le zodiac paraît à peine plus gros qu'un jouet de gosse. Comment a-t-il pu franchir à chaque fois la barre jusqu'au rafiot ? Ils sont combien déjà ? Cent douze, cent quinze ? Sans doute moins, une dizaine encore a dû passer par-dessus bord depuis l'appel d'Andarg. J'imagine le mec de Madiha livré aux charognards sous-marins, tous ces crabes et autres vautours locaux qui grouillent dans les profondeurs. Ok, mais pourquoi pas elle aussi ?

— Seyoum, t'es sûr que tu veux y aller ?

Andarg se tient debout, juste devant moi. Je le calcule à peine.

— File-moi une clope, et emmène-moi.

Il me tend son paquet de Marlboro, avec un rictus furieux. Mais ne cherche plus la conversation qu'il sait inutile. Je comprends sa frustration. Ça m'est égal, je n'ai jamais été aussi motivé d'aller à la rencontre de ma mort. Elle sera plus grandiose qu'un étouffement dans du vomi de gin et de suc de khat. Quitte à clamser, autant choisir la version héroïque. La scène de fin du cow-boy de Zouara. Andarg hallucine en me voyant ricaner. J'essaie d'allumer une clope, sans succès. Je la garde en bouche. On attend une relative accalmie pour pousser le zodiac dans l'écume. Je me casse la gueule en arrière quand je monte dessus. Je bois la tasse avec mon orgueil. J'agrippe la main d'Andarg et remonte trempé, sans un mot. Andarg s'assoit à l'arrière en se calant bien sur le boudin de caoutchouc. Puis il démarre le moteur, qui tousse une fumée cancéreuse. Andarg disparaît de ma vue dans les miasmes du fuel. Je n'entrevois que sa main tenant fermement la barre du hors-bord. Je m'arc-boute à une corde à l'avant, transi de froid, tourné vers la grève pas si loin. Quelques lumières essoufflées me disent adieu. Et autre chose peut-être. J'aurais aimé apercevoir mon cabanon une dernière fois. Saluer la fidélité de ses murs et remercier son silence. Andarg hésite entre se concentrer pour tenir le cap, ou m'interroger. Qu'est-ce ça peut lui foutre la raison de cette folie, maintenant qu'il est le boss ? Les vapeurs du gasoil me donnent la gerbe. La crispation de la mâchoire d'Andarg aussi, que je vois entre deux nuages de fumée. Il reste sur sa faim. Il voudrait savoir pourquoi j'ai décidé de foutre ma vie en l'air. Son bon sens bute sur cette question. Je me penche soudain par-dessus le zodiac et vide mon estomac dans la bouche avide du tumulte. Je me sens mieux. J'y vois plus clair. J'interroge le large. Cent mètres à peine nous séparent du bateau. Les vagues hystériques cherchent à nous faucher à chaque mètre gagné. Des effluves de déjà-vu réveillent une trouille qui secoue mes entrailles. Je me rappelle comment ça s'est terminé la dernière fois. Je me concentre sur chaque montagne franchie, sur Andarg à l'air stoïque et contrarié à la fois. Il fait ça très bien. Au-delà du mugissement du vent, j'entends au loin celui des passagers hurlant des plaintes revendicatrices. Putain, ils le veulent leur eldorado ? J'avale des giclées d'eau salée. Les nuages explosent d'un coup, enfin soulagés d'expulser leurs paquets de flotte. La pluie et la houle se fondent dans un mur morne, gris, sans plus aucun relief de vie. Qu'est-ce qui va nous noyer en premier ? La colère du ciel ou celle des lames de fond ? Le zodiac malgré tout tient le cap, vaillant petit cavalier sur le dos de montures furieuses. Les lueurs vacillantes du rivage m'ont déjà oublié. Je m'en détourne, et fixe l'horizon trempé. Les cris des passagers, plus distincts d'un seul coup, me ramènent à la réalité. Leurs supplications nous aimantent vers le bateau à peine visible, mais qu'on devine proche. Andarg lutte contre les éléments et ses conflits intérieurs. Sans doute attend-il des adieux grandioses, à la hauteur des années et des galères subies ensemble. Il sait pourtant que seule l'urgence du moment va s'imposer. Les vagues sont une armée imbattable, organisée en rangs serrés sûre de la victoire. Leur furie nous projette soudain contre la coque dure du bateau. Quand je sens le choc, je me lève d'un bond, et je m'accroche aux planches mouillées. Andarg me tend le GPS et hurle une dernière fois :

— Seyoum t'es vraiment sûr ?

Je tente un sourire qui n'est qu'une grimace. Il n'y a plus rien à dire. Il n'y a qu'à faire à présent.

Une lame me jette à l'arrière du rafiot. Je hurle à Zaher de mettre le bateau en route. Le moteur obéit poussif, mais pas défaillant. J'enjambe une dizaine de corps aplatis au sol, tout en faisant signe à Zaher de me laisser sa place au gouvernail. Le temps que je me redresse, et jauge la situation, Andarg et le zodiac ont disparu dans les vagues carnassières. Ils font déjà partie du passé. L'avenir n'existe pas non plus. Le présent donc, tout entier, me fait face. Alors qu'est-ce que tu décides, Seyoum ? Tu foires tout ou tu prends les choses en main ? Le point lumineux sur l'écran du GPS résume notre situation. Une coquille de noix qui clignote sur la surface noire et invincible de l'eau mouvante. Je n'ai pas besoin de regarder le GPS pour la suite. Je sais exactement où on va. La survie est le seul guide fiable. Je dois être insensible à la dizaine de mioches suspendus à leurs mères exsangues. Indifférent à l'imbrication de ces êtres fantomatiques, à Madiha dont le gosse a peut-être été déjà dévoré. Je pousse de toutes mes forces deux mecs agonisants qui s'accrochent à mes chevilles. Je ne les regarde pas. L'un d'eux dégueule sur mes godasses. Je lui file un coup de pied dans le vide. Entre deux nuages, les étoiles et la lune tanguent. J'ignore les cris à chaque lame de fond plus grosse que la précédente. Je défie les monstres d'eau qui veulent nous engloutir dans leur ventre insatiable. Je maintiens encore le cap. Je ne pense qu'à la vibration de ma main sur le gouvernail crachotant. Tant que ça vibre, on avance. Notre destin à tous est réduit à ma poigne sur la barre. Je ne pense pas à la mort. Encore moins à la vie. Seul mon bras décide. Il s'est désolidarisé de mon cerveau. Quand les nuées se calment brièvement, je scotche mon regard aux étoiles et à la lune. Zaher est accroché à la coque, les yeux exorbités. Sa peur, comme la mienne, ne scrute que le firmament. Un cri plus fort que le vent troue la tempête. Je vois à peine le mec tomber. Il a déjà été avalé par la mer ogresse. Puis un autre. Et combien encore ? Le bateau se vide, et comble l'appétit de la reine mer. Mais je suis toujours le maître à bord. Et toutes les bêtes faméliques encore vivantes, qui n'ont plus rien d'humain que leurs yeux, se tournent vers moi. Ce n'est plus l'Italie leur eldorado, mais moi. Je suis une île, je suis leur dieu. Tous ces yeux affamés de liberté s'en remettent à moi. Des bonnes femmes, malgré le bateau à la dérive, prient en me tendant leurs gosses.

Des mecs rampent encore pour me baiser les pieds, comme si ça pouvait influer sur les éléments. La fièvre me reprend. Je délire. Je chevauche un cheval qui gère son propre galop. La luciole du GPS dans ses yeux l'excite et le rend incontrôlable. Ses yeux phosphorescents à leur tour cavalent au-delà des mers et des tempêtes. Je lâche les rênes. Le cheval conquérant saute sur les vagues. Il les avale les unes après les autres. Il galope. Il galope encore plus vite. Il vole à present, fendant le vent, mes mains s'accrochent à sa crinière de feu. Mais soudain il se cabre. Des mouches aveuglent mon cheval. Pourquoi s'agglutinent-elles sur ses yeux ? Mon cheval panique, rue, hennit. Je dois lui libérer la vue. Je dois le débarrasser de ces parasites qui freinent sa course. Plus rien ne doit l'arrêter. Je chasse les parasites. Des geignements en bruit de fond m'irritent. Je suis un cavalier de la nuit et des mers. Je réalise à peine que Zaher me pousse fermement pour reprendre le contrôle du bateau. Putain, il a le visage d'Andarg ! Il est revenu l'enfoiré. Il voulait en fin de compte, lui aussi, sa part d'eldorado. Il nous a rejoints à la nage ! J'explose de rire. J'ai chaud. J'ai froid. Je claque des dents. Je danse sur une colline de squelettes. La reine mer m'appelle, elle me reçoit dans ses bras aimants, elle me dit « Saute mon enfant, oublie tout ».

CHAPITRE DIX-HUIT

Eaux territoriales de Libye, novembre 2005

J'ai soif. Mon corps est un raisin sec. Ma peau est striée de rigoles qui cherchent à être abreuvées à tout prix. Ça fait deux jours qu'on dérive, depuis que le moteur a lâché. Et si j'ai bien compris, dans le mauvais sens. On retourne vers la Libye. Le zodiac surbondé n'est plus qu'une bouée gonflable avec laquelle jouent les courants et le vent. Des sales gosses qui maltraitent leur jouet.

Des gens emprisonnés comme moi à Sebha dans le ventre du Sahara, et que depuis notre libération de cet enfer je considérais un peu comme une nouvelle famille, me crachent dessus aujourd'hui. Nous avons pourtant survécu ensemble au kidnapping des Somaliens, à la traversée interminable du Sahara, puis aux longues semaines dans la fournaise des entrepôts de Zouara en attendant la traversée, main dans la main, résilience contre résilience. Un de leurs gamins m'a mordu tout à l'heure, enragé par la déshydratation. Je sais qu'il va mourir. Et ses parents dans la foulée. Le chagrin les terrassera très vite. J'ai vu ce genre de scène dans le Sahara. Finalement, quel que soit l'environnement, c'est toujours un peu la même histoire. Et moi, comme la dernière goutte d'affect a quitté mon corps depuis des mois, je m'en fous un peu. Je pense juste à l'essentiel, trouver un moyen de boire. Les croûtes de sel et les brûlures du soleil sur mon visage et mes jambes me torturent aussi, mais on s'adapte. Alors que la soif, non. On ne s'y fait pas.

Le passeur, chargé de nous mettre sur la bonne trajectoire, est reparti sur son petit zodiac deux heures avant que le moteur du nôtre ne lâche. Ce sale type s'en est sans doute bien tiré, lui. Le destin aide trop souvent ceux qu'il devrait laisser crever.

Je me rends compte que mes pensées tournent un peu en boucle depuis quelques heures. Au ralenti. Je ne suis pas sûr, mais je crois que parfois je me marre tout seul pour rien. Il paraît qu'au départ on avait des super conditions météo pour la traversée. C'est con, quand on y pense. Un moteur qui pète, et un vent malveillant. Le sort d'une vie tient au zef et à de la mécanique. Le gamin me mord encore. Je ne sens plus rien…

— Réveille-toi ! Allez ! Réveille-toi ! C'est un ordre !

Sous cette injonction, je rouvre les yeux sur le monde. Un type m'empoigne. Il est en uniforme. À quelques mètres du zodiac, un bateau plus grand, plus solide, se laisse bercer par la légère houle. Presque une vision paisible. Mais on n'est pas là pour rigoler. Les mitraillettes de dix mecs sur le pont brillent sous le soleil tranquille. Un haut-parleur crachote. Il finit par hurler, sur nous et sur les mouettes curieuses, « Vous avez échoué dans les eaux territoriales de la Libye. Vous êtes en état d'arrestation. Veuillez vous rendre sans résistance ». Moi qui pensais être devenu insensible aux événements qui s'étaient acharnés sur ma courte existence, je craque. Je mords un bras qui hurle. C'est celui du gamin que j'aimais bien.

CHAPITRE DIX-NEUF

Mer Méditerranée, 18 octobre 2015

Le soleil m'arrache la peau. Je n'avais pas réalisé que je m'étais endormi. Je suis adossé contre une des parois du bateau. Le moteur est au point mort. Zaher, ma fidèle ombre, affalé, bave sur le manche, la bouche ouverte. La cargaison est immobile, dans la même posture horizontale – épuisée, morte ? Un patchwork de corps, coloré par de multiples t-shirts et robes. Ils ont tous les bras le long de leurs corps, qui forment des I, dans une chorégraphie absurde. Il n'y a plus un souffle d'air. La tempête est partie vers d'autres objectifs. Le mélange d'odeurs pestilentielles qui monte du fond du bateau me file une nausée atroce, mais comme j'ai l'estomac vide, seuls quelques spasmes secouent mes entrailles. Je n'arrive pas à évaluer combien respirent encore. La chaleur cogne malgré l'heure matinale. 9h40 sur ma montre. Un cri familier transperce odeur et torpeur. Je lève la tête vers un ciel dans lequel le soleil a reconquis son royaume. Une mouette, apparition improbable, se pose sur le coin du moteur. Sans y croire, je vois derrière elle, à quelques kilomètres, une bande de sable incolore bardée de roches claires. Aucun doute possible. La côte. Lampedusa nous envoie son premier messager. L'oiseau criard vient-il nous annoncer des promesses ? Je me retourne malgré moi vers l'avant du bateau, fouillant le patchwork des yeux. En scrutant attentivement l'étendue de la coque, je constate le teint grisâtre et les yeux fixes, grands ouverts sur le néant, de plusieurs passagers. La mort a volé à la nuit et à la tempête leurs âmes maudites, laissant leurs dépouilles en offrande à la chaleur de plomb qui les décomposera avec efficacité. Au moment où je me dis qu'il va falloir les balancer par-dessus bord avant que ça commence à puer, je vois Madiha pour la première fois depuis notre départ. Elle se tient assise à la proue, droite, me brandissant sa dignité. Elle seule sait encore ce que ça veut dire. Je me sens obligé de me redresser. Elle me défie du bout du bateau, rachitique dans ses guenilles et sa tignasse indomptée. Elle me jauge sans broncher. Son regard plongé dans le mien me rappelle la merde que je suis. Son enfant pend inerte dans ses bras. Je fais un geste pour me lever. Elle en fait un autre pour secouer son bébé, qui geint soudain. Il a soif. Il a faim. Je me rappelle avoir songé à prendre de l'eau pour lui, mais avoir renoncé, de peur qu'une émeute n'éclate sur le bateau. Un geste de protection contradictoire dont elle n'aura jamais aucune idée. Invisible deux secondes plus tôt, son mec surgit d'un coup. Sa silhouette s'interpose entre elle et moi, au centre de l'étendue amorphe des corps et des cadavres. Il ne me laissera aucune chance de l'approcher. Qu'importe. Elle n'aurait pas voulu de toute façon. Je baisse la tête. Je me rapproche de Zaher et lui secoue l'épaule pour le réveiller.

Quand il me voit penché sur lui, il recule vers le moteur.

— Pourquoi tu fais cette tête ?

Lui aussi voit la côte. Lui aussi voit l'espoir. Et pourtant, il reste prostré, yeux baissés, effrayé par un truc qui m'échappe. Je m'avance un peu plus vers lui pour comprendre l'effroi dans ses yeux. Il grogne quand il me voit m'approcher. Je remets ma main sur son épaule :

— Zaher, calme-toi, regarde il y a la côte là-bas, c'est fini. On a réussi.

Il lève alors les yeux et murmure entre ses dents pourries :

— Pourquoi t'as tué ces mecs, Seyoum ?

— Hein ?

— Oui, pourquoi t'as tué ces mecs ?

Ma main passe de son épaule à ma poitrine où la boule a réapparu. J'émets un rire forcé.

— De quoi tu parles ?

— Tu te souviens pas que t'as balancé trois mecs à la flotte sans raison, et que je t'ai rattrapé de justesse avant que tu t'y jettes aussi ? Tu t'en souviens pas ? Et qu'avant de t'écrouler, tu as crié « Sauvez mon cheval » ?

Il a crié les derniers mots, pour que je mesure bien l'étendue de ma démence. Un truc gronde à l'intérieur de moi.Toute la folie tapie dans la boule s'est libérée pour de bon. La violence ne me quittera plus.

— Arrête de raconter n'importe quoi, si tu veux pas

que ce soit toi que je foute à la flotte. Rallume le moteur, et ferme-la. N'oublie pas aussi que j'ai un flingue dans mon sac. On est presque arrivés, c'est tout ce qui compte. Alors tu prends les commandes pendant que je fais débarrasser les cadavres du bateau. Et tu suis le GPS, pour accoster au bon endroit.

Je sens Zaher en rage, bête potentiellement dangereuse. Il est temps qu'on débarque. Sans un mot pourtant, il remet le moteur en marche, et dans un monde inattendu où les choses se passent parfois bien, celui-ci redémarre sans problème. Le bateau fend une eau émeraude presque sans écume. La mouette a rameuté sa bande pour nous faire un accueil tapageur. Une rumeur déferle sur le bateau comme une vague, et réveille la masse. Les zombies se redressent péniblement. Ils ont compris que quelque chose se passait. L'espoir, médoc infaillible contre le renoncement, ranime les corps. Ils avalent le ravitaillement de promesses. Comme la ration de flotte, qu'ils n'ont pas eue depuis vingt-quatre heures. Certains se prosternent et psalmodient des prières à la nouvelle terre sainte. Quelques cris de joie essoufflés répondent à ceux des mouettes rieuses. J'en profite pour ordonner à quatre ou cinq mecs, dont celui de Madiha, de m'aider à expédier les cadavres dans le cimetière d'une mer devenue inoffensive. Cette tâche ne les choque pas. Même le mec de Madiha s'exécute sans moufter. On balance une dizaine de corps, dont deux gosses. Même les leurs pèsent une tonne. Les parents, soit morts, soit délirants, n'interviennent pas. Des petits groupes se reforment cependant, une fois le sale boulot accompli. Des restes de familles disséminées se retrouvent, et s'empoignent sans un mot. Leurs yeux en disent assez. J'en profite pour agripper le mec de Madiha avant qu'il ne la rejoigne. Il essaie de se dégager. Je l'empoigne plus fermement.

— À l'arrivée, évitez les centres de rétention. Vous boufferez plus tard. J'ai entendu des bruits, comme quoi dans certains de ces centres ils renvoyaient pas mal de monde en Libye.

Il me regarde, surpris. Avant qu'il ne réagisse, j'enjambe déjà la masse fatiguée et bruissante de projets d'avenir. Au bout d'une heure à peine, le bateau se pose doucement sur une petite plage où seule une colonie d'oiseaux et d'algues s'est installée. Des touffes d'herbes sèches et quelques oliviers rabougris survivent coincés dans un amphithéâtre de rochers blonds qui abrite notre arrivée clandestine. Personne n'a plus la force de hurler sa joie, mais une liesse silencieuse, épuisée, embrasse le sable blanc mouillé, et s'allonge dans le faible roulis des cailloux et des coquillages. Je les regarde, insensible. Zaher me rejoint sur la plage.

— Qu'est-ce qu'on fait maintenant ?

Je détache la laisse fictive attachée à son collier.

— Tu es libre Zaher. Tu peux retourner là-bas avec le bateau et rejoindre Andarg. Tu peux commencer une nouvelle vie ici. Je m'en branle. Salut.

Je le plante sur place, en lui faisant un grand geste vers la mer transparente, l'étendue plate des rochers, et les possibilités infinies à sa portée.

Puis je me tourne vers le troupeau de moutons marchant tous dans la même direction. Parmi eux, deux êtres se serrent, chancelants, soudés par un petit enfant. Je les regarde marcher vers leur nouvelle chance, jusqu'à ce qu'ils disparaissent de ma vue.

Leurs pas laissent une légère trace sur le sable. Elle sera bien vite effacée par le ressac indifférent, mais restera incrustée sur mes rétines pour toujours.

Pas une seule fois Madiha ne s'est retournée.

ÉPILOGUE

Asmara, Érythrée, 9 juin 2005, jour de la fuite

Mon maigre bagage est prêt. Tout est organisé. Enfin, dans quelques heures, je vais retrouver mon Seyoum. Plus d'un an que je ne l'ai vu ! Je n'ai plus d'ongle à ronger ni de peau à arracher autour pour calmer mon angoisse, alors je focalise mon esprit sur ma dernière vision de lui, son visage grave, et sa main m'envoyant un baiser évaporé dans l'air. On a parlé du déroulement des opérations avec Maeza hier soir, ma grande cousine. Grâce à elle et à son mari Hailé, l'impossible est devenu possible. Pourtant l'appréhension noue mon ventre et fait trembler mes mains. Je les joins l'une à l'autre, comme une prière.

La journée s'égrène, interminable. Maeza viendra me chercher là-haut quand la voiture arrivera. Je regarde le soleil décliner, bas et rouge, à travers la fenêtre.

— Madiha, viens, c'est le moment.

Je n'ai pas entendu Maeza monter. J'attrape mon

baluchon. Elle me fait signe de ne pas parler. Mon cœur fait un boucan pas possible. On descend dans la cuisine. Deux hommes en treillis nous y attendent. Je n'en reconnais aucun.

— Ce n'est pas Hailé qui devait m'emmener retrouver Seyoum ?

Maeza sans un mot prend le sac de mes mains, l'ouvre, et le montre à l'un des types :

— C'est bon, vous avez la preuve.

L'homme en regarde à peine le contenu. Puis il dit machinalement :

— Madiha Hagos, vous êtes en état d'arrestation pour tentative de fuite du pays. Vous encourez quatre ans de prison. Si vous opposez une quelconque résistance votre peine sera prolongée.

Je me tourne stupéfaite vers ma cousine. Elle hausse les épaules.

— Tu connais le montant de la prime pour dénoncer une fille de ministre en taule ? Alors, ta liberté, qu'est-ce que j'en ai à faire ? Seyoum on s'en fout, son père ne vaut plus rien. D'ailleurs ton chéri s'est cassé il y a déjà trois mois. Il a refilé aux autorités les petits mots que vous vous faisiez passer en douce en échange de sa liberté. On l'a laissé s'évader. Il n'a pas hésité une seconde. C'est beau l'amour !

Sa trahison m'anéantit, mais c'est celle de Seyoum qui écorche mon corps à vif. Je me refuse à y croire. Je suis muette de désespoir et d'incompréhension. Pourtant les deux soldats m'empoignent, me traînent jusqu'à leur véhicule, et me jettent à l'arrière. L'un d'eux file une liasse de billets à Maeza qui l'empoche, exultante, sans un regard sur moi. Elle-même lui tend un morceau de papier plié en deux et lui dit :

— Tu donnes cette lettre à qui tu sais, à l'endroit prévu, après que tu auras déposé Madiha au centre de détention. Et n'oublie pas de la boucler, Hailé n'est pas encore au courant de notre arrangement. Je lui expliquerai plus tard.

La voiture démarre et la silhouette de Maeza agrippée à son butin s'éloigne. Le soldat sur le siège passager déplie le morceau de papier bleu clair et le lit. Je ne comprends pas son rire qui éclate soudain dans l'habitacle. Une fourmi rouge, qui me rappelle celles de Sawa, court le long de mon bras. Je ne la chasse pas. Quelle importance si elle me mord ou pas ?

Composition : IGS-CP à L'Isle-d'Espagnac (16)
Achevé d'imprimer
par CPI Firmin-Didot
à Mesnil-sur-l'Estrée, en décembre 2020
Dépôt légal : décembre 2020
Numéro d'imprimeur : 161334

ISBN : 978-2-07-290424-0/Imprimé en France

369679